Bianca é Bianca

María Manuela Pinto

Novela

ISBN-13:   978-0692308370
ISBN-10:   0692308377

Library of Congress United States Copyright
TXu 1-866-656

Para mas información visite
www.mariamanuelapinto.com
facebook.com/MariaManuelaPintoAuthor
twitter.com/MariaManuelaPi4

Publisher: Mariangelikuss

Mariangelikuss

DEDICACIÓN

Dedicada a todos los hombres y mujeres, que han logrado cumplir su sueño de amor, cualquiera que haya sido.
"El amor, es un sentimiento maravilloso, no debemos permitir que pase por nuestras vidas sin dejar huella, la única huella que nunca se debe borrar de nuestros corazones, la huella del amor."

OTROS TRABAJOS DEL AUTOR

REFLEXIONES DE AMOR

THOUGHTS QUOTES AND MORE!

CARTAS PARA SER LEÍDAS;
ENCONTRARAS UNA ESPECIAL PARA TI.

EACH FROM THE HEART;
SPECIAL LETTERS JUST FOR YOU

CONTENIDO

AGRADECIMIENTO

Gracias, María Sofia, por confiar en mi.

PRIMERA PARTE

CIUDAD DE RECCO, PROVINCIA DE GENOVA. ITALIA.

De aquí parte esta preciosa historia de amor y romance con todas sus alegrías, tristezas, decepciones y dramas. Te envolverá, desde principio a fin, de forma intensa, fascinante, sorprendente dándole a esta maravillosa historia, el único rumbo que todos debemos conocer y seguir, "el camino hacia el amor."

También te llevara a conocer a sus personajes, los cuales se quedaran en vuestros corazones por mucho tiempo, disfrutando de todos y cada uno de ellos.

La ciudad de Recco, se encuentra ubicada en el norte de Italia bañada por el mar de Liguria, al oeste de la ciudad de Genova, al este de Rapallo y Portofino. "La bella Reviera Italiana."

El escudo de Recco, esta representado por un cielo azul con una torre de plata, con una muralla en negro y con una estrella con cinco rayos de oro. Ornamento exterior de la ciudad. En Recco se encuentra el Santuario de Nuestra Señora del Sufragio, que es la protectora de la ciudad y que data del siglo XVIII.

La cocina de Recco, es reconocida por su exquisita especialidad en dulces y salados, contando con exquisitos platos Genoveses, especialmente la famosa "Focaccia de Queso," el "Pansoti," que es una pasta especial con salsa de nueces y el famoso "Pesto."

En Setiembre siete y ocho se celebra la "Sagra del Fuoco," una manifestación en honor a la Virgen del Sufragio donde más de siete barrios se unen para lanzar fuegos artificiales en su honor, unida a esta fiesta con un desfile gastronómico de lo mejor de la zona.

El ultimo domingo de Mayo se celebra la fiesta de la Focaccia. Durante toda la mañana los panificadores distribuyen gratuitamente por toda la ciudad la "Focaccia simple", o con cebolla y por la tarde se distribuye la famosa "Focaccia con Queso."

La economía de Recco se basa principalmente en el turismo por las playas bellísimas, su media y pequeña industria en sector artesanal. Viene también la floricultura y la actividad agrícola con producción de Vino, frutas y hortalizas, por tener un excelente suelo para la agricultura.

LA CASONA

"Recoge la mesa, por favor Bianca, la cena se terminó y no hay nada más que hacer aquí, que irnos a la cama y descansar, ha sido un largo día." Le dije a Bianca, mi adorada sobrina.

Habíamos tenido una velada muy linda con unos amigos muy queridos, una gran noche con una gran cena. Bianca y yo, vivíamos solas desde hace mucho tiempo.

Mi nombre es María Sofia, soy viuda, desde hace muchos años. Mi matrimonio no fue una maravilla, pero mi marido y yo tratábamos de llevarnos bien, teníamos más momentos malos que buenos, en fin tratábamos de tener una buena convivencia la cual muchas veces parecía una supervivencia.

Mi marido, era un personaje muy atrevido, elegante, culto, muy bueno para los negocios, ¡sí que lo era! Su muerte fue derepente, lamentablemente de un momento a otro sufrió un ataque al corazón fulminante, no se pudo hacer mucho para salvarle la vida.

Él era de buen comer, se le veía muy saludable, hacia deporte, disfrutaba de la vida, le gustaba vivir bien, pero aun así la muerte se lo llevó. Contra el destino no se puede luchar.

Siempre fui una mujer fuerte y a Dios gracias supe llevar los momentos de dolor con entereza, aunque no tuvimos familia, era mi esposo y nos queríamos a nuestra manera. Siempre existió el respeto por parte de los dos, algo muy importante en una pareja. Bueno, ya esa etapa de mi vida es historia.

¡Hablare de lo más importante para mi! Ella, representa mi pasado, mi presente y mi futuro. Su nombre, Bianca Rossi, mi adorada, querida y entrañable sobrina.

Adoro a Bianca, ella quedo huérfana a una edad muy temprana, sus padres murieron ambos, en un terrible accidente. Muchas veces Bianca me preguntaba por ellos, yo le contestaba que sus padres la habían adorado con toda su alma, pero nunca le comentaba la forma en que murieron, porque fue un accidente horrible, no quería que en su memoria tuviera esos recuerdos. Ademas, ella era muy pequeñita frágil como un cristal, se me rompía el corazón cuando la veía triste y apenada por algún rincón de la casa.

Siempre trate a Bianca con mucho amor, nunca tuve hijos, así que en ella deposite todo mi cariño de madre. Por supuesto que quise tener los míos propios, pero el destino no lo quiso así. Soy feliz de cuidar de Bianca, ¡ella ha sido y seguirá siendo, mi pequeña Bianca!

Bianca, de niña era encantadora. Sus padres la adoraban, ella era un angelito que vino a dar felicidad a su hogar, un hogar donde reinaba la armonía y el amor. Se podría decir que era el hogar perfecto, aunque la perfección no existe. Siempre que la visitaba en su casa, corría hacia mi, demostrándome todo su cariño, entre abrazos y besos, las dos lo pasábamos muy bien. Bianca fue una niña feliz, siempre estuvo rodeada de amor, el de sus padres y después del mio.

Bianca fue creciendo con todo el amor que se le puede dar a un hijo, yo disfrutaba de todos sus momentos felices. Y en los de tristeza, siempre estuve a su lado, dándole apoyo, comprensión, cariño y amor a montones. Nunca le falto, calor de hogar.

Ella era muy estudiosa y responsable, una muy buena alumna, así que terminó sus estudios sin ningún problema. Con honores, siempre se destaco por su buen rendimiento escolar.

Sus padres le habían heredado una empresa de importaciones y exportaciones. Una empresa muy solida que a la temprana edad de dieciocho años ya la estaba heredando, por supuesto que ella no estaba preparada para hacerse cargo de ese negocio.

Me hice cargo de la empresa y de todo lo demás. No me gustaba mucho la idea, porque se prestaba para habladurías de la gente, ellos comenzaban a sacar sus propias conclusiones, las cuales no eran del todo buenas. Sobre todo para mi.

Yo lo hacía por amor a Bianca, nada más. Me tire todo esos problemas a la espalda, tenia que ser así, para poder continuar con la tarea de cuidar y proteger los bienes de Bianca.

Aunque no era muy convincente mi actitud para la gente. Al fin y al cabo, no me importaba lo que la gente pensara, yo cuidaría de su legado como sus padres lo quisieron en vida. Ellos antes de morir habían dejado esa petición y así la cumpliría.

No faltaba la mala fe de la gente, la envidia y todos esos sentimientos negativos, que los prefería bien lejos de nosotras dos. Me puse a trabajar en la empresa y hacer lo mejor que podía. Quería que Bianca siguiera sus estudios universitarios y así fue.

Como era de suponerse, estudio Administración de Empresas, le quedaba como anillo al dedo, salió como su padre, muy buena para el negocio. Yo estaba feliz con sus triunfos porque de alguna manera también eran míos, los disfrutaba muchísimo junto a ella.

Bianca, como cualquier mujer, se enamoró de un tipo que a decir verdad a mi no me terminó nunca de gustar, pero en los sentimientos y del corazón sobretodo, nadie se puede meter. Era mejor permanecer al margen. Yo observaba, pero de lejos.

Se casaron. El matrimonio duro muy poco. Él, muy inmaduro y Bianca por el contrario super madura, así que ella se aburrió y todo se acabo. Pero ese no fue el motivo principal de su separación, fue la traición por parte de él hacia ella. Bianca, creía ciegamente en el amor y lo apostaba todo. Pero en esa oportunidad, perdió la apuesta y su corazón quedó muy solitario y triste llorando de desamor.

Bianca pensaba que había fracasado en el matrimonio. No estaba del todo equivocada, fracasaron ambos. Habían días en los cuales se encontraba muy triste, pensaba que lo había perdido todo, hasta que una tarde le dije:

"¡Bianca, querida, nunca perdemos, siempre ganamos, nuestras equivocaciones nos enseñan a ver la vida de otra manera, nuestra vida es como una moneda, tiene dos caras y tenemos que saber diferenciarlas y enfrentarlas, así aprendemos a vivir día a día!"

Bianca me había escuchado con mucha atención, ella sabia perfectamente que había llegado el momento de ver la otra cara de la moneda. Bianca ya llevaba cinco años de divorciada. Como había pasado el tiempo ¡increíble!

Decidimos vivir juntas ya que las dos estábamos solteras, como se dice, "¡sueltas en plaza!" Yo viuda, ella divorciada. Nos llevábamos bien, ella tenía su carácter y yo el mio, pero tratábamos de entendernos para que la convivencia sea buena.

Teníamos varias reglas en casa, una de ellas, era hablar de todo, exponer nuestros puntos de vista abiertamente, conversar, "¡comunicarnos!" Bueno, esta es una regla básica para la convivencia en general ya sea de amigos, parejas, matrimonios, familia, hermanos, etcétera. Es decir la lista es muy larga. A nosotras nos funcionó a la perfección, la comunicación, que palabra tan grande y poderosa, "¡la reina de la convivencia!"

Bianca, a pesar que había sido una niña engreída por sus padres y de adolescente muy mimada y cuidada por mi, tenia tremenda personalidad. De carácter un poco fuerte, el cual le asentaba muy bien, sobretodo para la clase de negocio que ella algún día manejaría.

Yo tampoco era una bolita de caramelo, también tenia mi carácter y lo sigo teniendo. Ahora, yo también tenia lo mio, era amorosa, muy comprensible, buena amiga, confidente. Me consideraba de las personas en que se podía confiar y de las que cuando prometen algo lo cumplen, con un buen sentido del humor, muy importante, ¡la única forma de salir adelante!

"Al mal tiempo, buena cara." Eso solía decir mi madre.

Recuerdo, cuando un buen día, llegamos mi hermana, (la madre de Bianca) y yo del colegio, molestas, muy enojadas, por cualquier razón, sin importancia, mi madre nos dijo:

" Niñas, al mal tiempo buena cara, no todo puede ser oscuro o claro, también hay grises, así que niñas, a lavarse las manos y a comer que la mesa ya está puesta!" ¡Qué razón tenía! Una mujer muy inteligente. ¡Qué Dios la tenga en su gloria!

Continuando con el relato......

Las dos, Bianca y yo, trabajábamos en la empresa y lo hacíamos bien, por lo menos tratábamos, no nos podíamos quejar, cuando había que trabajar, teníamos que poner el hombro y hasta el brazo, como se dice, con tal que el negocio andará bien y saliera adelante. Tenía una responsabilidad muy grande, cuidar los bienes de mi sobrina. Ademas lo hacia con todo mi cariño, para ella y por ella.

Cuantas veces hemos tenido nuestras diferencias, pero nada que no se pueda arreglar, teníamos por regla que los problemas de trabajo se arreglaran o discutieran en el centro de trabajo, más no en casa, ¡nos funcionaba de maravilla! Ya bastante teníamos con la empresa como para llevar problemas a casa, el cual era el único lugar de descanso y relax. Y lo cumplíamos al pie de la letra.

En general nuestra convivencia era magnifica. Siempre que podíamos conversábamos del pasado, quien mejor que yo para contárselo todo, no comentaba lo de sus padres, para que remover algo tan triste y doloroso para Bianca, ya ella había sufrido mucho con perderlos. Lo que ella necesitaba era alegría en su vida.

Por el contrario, cuando tocábamos el pasado lo hacíamos de

forma positiva recordando momentos felices, cuando la familia hacia viajes con la niña o de algunas celebraciones, como por ejemplo su cumpleaños, navidades, cosas alegres, era lo que necesitaba oír Bianca. ¡Ya basta de tristezas! Es por eso que hago reverencia al buen sentido del humor, ¡nuestro salvavidas!

A Bianca y a mi, nos encantaba ir de compras y cuando lo hacíamos nuestras billeteras temblaban. Muy temprano por la mañana, corríamos por el parque para estar en forma, no solo nos conservaba la linea, sino también nos relajaba tremendamente, así empezábamos el día, ¡muy frescas y relajaditas!

No descuidábamos nuestra alimentación, era muy buena y saludable, no eramos de la clase de mujeres que se mueren de hambre por estar delgadas, comíamos lo que teníamos que comer.

Nuestra vida nocturna no era constante, eso ayudaba a la buena salud. Claro está, que tampoco perdíamos la oportunidad de ir a ver una buena obra de teatro, una buena película al cine, alguna reunión de amigos, ¡también hay que disfrutar la vida! Además nos ayudaba el buen sentido del humor que teníamos, siempre le poníamos buena cara al mal tiempo, como decía mi madre. ¡ Sabias palabras!

Solo en dos ocasiones pudimos salir de vacaciones juntas, les cuento esto porque ya que las dos eramos piezas importantes en la empresa no podíamos tomar vacaciones las dos a la misma vez, salia una y después la otra. Nos pusimos esa regla, para que las cosas en la empresa marcharan bien. De cualquier modo nos funcionaba excelente. Supimos organizarnos estupendamente.

"¿Recuerdan la cena con la que empecé éste relato? Cuando

Bianca y yo nos fuimos a descansar después de aquella linda velada que pasamos con unos amigos." Bueno, continuare.....

Esa noche después de la cena Bianca se fue a dormir. Eso fue lo que yo pensé. Pero no fue así. Bianca, salió como a la media noche, yo sentí pasos por el corredor de la casa, al principio no le preste ninguna importancia, pensé que Bianca, necesitaba algo de la cocina, que tal vez la cena no le cayó muy bien y necesitaba prepararse una taza de té o alguna otra cosa.

Me di cuenta que no estaba en casa porque yo también me levanté y me dirigí a la cocina, me había caído la comida un poco pesada y me prepare una taza de té de anís. Estaba un poco inquieta y nerviosa, en un principio creí que era la comida, muchas veces una comida pesada altera el sistema nervioso.

Eso de tener el sexto sentido desarrollado es bueno y también malo. Tenia ciertos presentimientos, como si yo fuera a descubrir algo esa misma noche. Tampoco le quería prestar mucha atención a esas cosas, derepente era todo producto de mi imaginación nada más, y me estaba atormentando sin razón alguna. Las madres somos así.

Me acerqué a su habitación, casi siempre ella cerraba la puerta de su cuarto pero está vez estaba abierta y al no verla en su cama me preocupé, pensé que estaba en el cuarto de baño, pero no fue así, la busqué en el resto de la casa pero no la encontré, no sabia donde se había metido a esas horas de la noche.

Sin lugar a dudas, Bianca, había salido. Lo que me pareció extraño no es que hubiera salido a esas horas de la noche, sino que no me lo haya dicho, por lo general cuando ella salia de noche ya tarde a un compromiso o lo que fuera, siempre me lo decía y hasta se despedía de mi, muchas veces iba hasta mi dormitorio y me daba un beso de buenas noches. Es por eso que me sorprendió que haya salido y sin decirme nada.

De vuelta a mi dormitorio, me puse a pensar; *"tal vez fue a visitar a alguien, ¿pero a estas horas de la noche? Ella, no era así de imprudente, salir a media noche. ¿A quién podría visitar a esas horas?"*

Bianca era fácil de hacer amigas, tenia muy buenas amigas, pero ¡tampoco podría pensar, que las visite a todas a media noche por mucho que las quisiera.! Me fui a dormir, de nada servía que me atormentara con pensamientos negativos. *¡Mañana sera otro día!* Pensé.

A la mañana siguiente, fui a la cocina a preparar el desayuno como todos los días, por lo general yo lo preparaba, pero a Bianca muchas veces le gustaba darme una sorpresita y lo preparaba ella misma. Cuando quería ponía en practica, su arte culinario.

Pero no fue así esa mañana, yo misma me puse a freír unos huevos con jamón, pan especial de avena, tarta de duraznos y pan dulce de canela, como verán mucha comida para un desayuno. ¿Qué me estaba pasando? Se llama ansiedad, ¿nunca les paso a ustedes? Quieres comer mucho pero terminas comiendo casi nada o viceversa.

Me disponía a tomar el desayuno, ¡cuando de pronto! Bianca aparece en la cocina, me da los buenos días y se sienta a tomar el desayuno, era el momento preciso para preguntarle directamente;

"¿Bianca, querida, saliste anoche muy tarde? Te lo pregunto porque sentí pasos por la casa, pasadas ya la media noche y estaba casi segura que habrías sido tu."

"Si, tía, yo fui. Salí muy tarde a dar una vuelta, porque me sentía un poco afligida y necesitaba tomar aire fresco."

"¿Te sucede algo, Bianca?" Le pregunte algo sobresaltada.

"No, tía no me sucede nada, no te preocupes, lo que pasa es que fui a dar un paseo un poco tarde porque pensé que saliendo a esas horas de la noche, podría poner mis ideas en linea, estoy pasando por un momento de esos, en que necesitas estar en contacto contigo misma y por eso salí así derepente. Ya se me pasara, no te preocupes de nada tía adorada, te lo contaré más adelante, cuando ordene mis pensamientos. Ahora me voy volando, se me hace tarde" Me dijo muy apurada, se despidió con un beso y se marchó, casi corriendo.

Me quedé mas tranquila, aunque había algo raro en todo ese rollo, que no me terminaba de gustar. Pero al fin y al cabo, Bianca era una mujer responsable y si dijo que no era nada, es porque no era nada. Una mala noche la tiene cualquiera.

Había notado a Bianca bastante distraída, como pensativa, preocupada, presumía que sí tenia un problema, no como ella dijo, "que era un momento de esos nada más." En fin, "cada cabeza un mundo" decía mi abuela, que razón tenia.

Aunque a decir verdad, me hubiera gustado que me lo cuente todo, ¡lo bueno y lo malo! Me di cuenta que estaba sobre actuando y que no era bueno, para ninguna de las dos. Por lo que decidí olvidarme de todo, ademas yo también tenia cosas por hacer.

Pensaba y pasaban tantas cosas por mi cabeza, quería ayudarla pero Bianca no me había dado pie para eso, al contrario me había dicho que después me lo contaría. Tenia que respetar su decisión.

Recuerdo a Bianca perfectamente cuando era niña, era tímida e introvertida, no hablaba las cosas cuando las tenia que decir, al contrario, se las guardaba para ella y eso estaba mal, pues se entristecía y se ponía a llorar. Yo la entendía, sabia que se debía a la falta de sus padres, aunque yo la quería muchísimo, pero solo era su tía. Los padres son irreemplazables.

Por esa razón dediqué mucho más tiempo a ella, a darle calidad de vida, como se dice, que no le faltase nada, era una niña muy dosil. Hasta que se convirtió en una adolescente, ya esa era otra historia. Lo digo porque la adolescencia es una etapa difícil, pero supe llevarla por buen camino, tratando a Bianca con mucho amor y comprensión.

Volviendo a nuestra historia. Los días pasaban y mi querida sobrina tenía días buenos y malos, tristes y alegres. En fin, nuestra vida era así, con sus diversos matices, solo teníamos que disfrutarla y saberla llevar y por mi parte, la estaba llevando bien.

Pero Bianca, mi querida sobrina, desde esa noche y otras más porque estaba segura que hubieron otras noches más, en las cuales, había salido y yo no me había enterado, no era la misma.

Traté en varias oportunidades de preguntarle que le estaba pasando, pero ella siempre desviaba el tema. Así que opté por no meterme en sus cosas. Siempre nos habíamos respetado y esa vez no seria la excepción.

Por otro lado, Bianca ya era una mujer hecha y derecha, ella sabía lo que hacía, le había ofrecido mi ayuda con todo cariño como siempre. Ahora, ¿Cómo me sacaba yo esa preocupación de la noche a la mañana? Conociéndome, ¡Imposible!

Bianca seguía saliendo de noche, las ideas rondaban mi cabeza ¡y yo sin saber a donde iba! Mi sexto sentido o intuición, el cual siempre estaba muy alerta, me decía que yo debería de averiguarlo por mi propia mano, ya que Bianca no me lo diría.

Una noche, acostada en mi cama pensando en mi querida sobrina, se me vino a la cabeza una idea, *¿porqué no seguirla una de estas noches, sin que ella se de cuenta?* Obviamente estaba mal lo que estaba pensando. Lo sabia. Pero ella no me dejaba otra alternativa. ¡Tenia que saberlo o me moriría de angustia!

Era mi obligación saber que le ocurría a mi pobre sobrina y la única forma era seguirla sin que ella lo notara. Si tan sólo Bianca hubiera sospechado lo que pretendía hacer, creo que me hubiera muerto de vergüenza, porque siempre le enseñe el respeto por la privacidad de las personas.

Cuando no se puede entrar en la vida de alguien, no se puede y hay que respetarla, no rompería mis propias reglas, ¿o si? Estaba entre la espada y la pared. Pero de pronto me vino un pensamiento, bastante acertado "Una de estas noches, que terminemos de cenar y hagamos una larga sobremesa, aprovecharía para poner en marcha mi plan, había notado que muchas veces después de la sobremesa Bianca se preparaba para salir." Pero la voz de la consciencia, la que nunca falla me dijo: *"¡María Sofia, vergüenza te debería de dar al pensar seguir a tu propia sobrina, la que has criado y enseñado valores!"*

Llegó la noche esperada. Cenamos y charlamos como cualquier noche, Bianca, estaba más nerviosa que otras veces, ¿porqué sería? Verla así me hacía pensar aún más en el plan que había elaborado y que pondría en práctica pronto. Eso significaba que no me equivoque al pensar en seguirla, era la única opción que tenia. Por qué al parecer, Bianca, no tenia ninguna intención de contarme su gran dolor de cabeza. Que ya comenzaba a ser el mio, también.

Esa noche, después de la sobremesa, nos despedimos con un beso y nos dimos las buenas noches, como siempre lo hacíamos. Pero no era cualquier noche, evidentemente, esa era la noche que me despejaría de muchas preocupaciones. Por fin, sabría que atormentaba a mi adorada sobrina. Ella se fue a su dormitorio y yo al mio.

Todo parecía normal. Apagué la luz de mi lampara de noche esperando que Bianca, comience su faena nocturna. Claro está que todas las noches no salia, pero esa noche lo haría, era mi oportunidad, de pronto apareció un pensamiento *"¡sera que Bianca ahora se volvió vampiro y sólo sale a media noche!"* ¡Pero que estaba pensando en ese momento tan importante para mi! Creo que de tantos nervios ya empezaba a desvariar, teniendo pensamientos incoherentes. Confiaba en mi sexto sentido y deseaba que no me fallara, lo necesitaba más que nunca y lo seguiría al pie de la letra, sin duda alguna.

Eran como las doce de la noche cuando, escuché a Bianca caminar por el pasillo de la casa, me acerque sigilosamente a la puerta de mi dormitorio y pude verla, llevaba un chal y vestido de color negro hecho a su medida, con una silueta de sirena, zapatos y cartera de color rojo, Bianca tenía un cabello muy lindo, color caramelo, lo llevaba suelto y bien peinado, ¡ella estaba muy bonita, radiante, espectacular! ¿A quién quería impresionar? Me palpitó el corazón, tenia sentimientos encontrados, deseaba saberlo todo, pero a su vez, no sabía lo que encontraría. De lo que si estaba segura, es que esa noche yo descubriría su secreto o por lo menos estaría cerca de hacerlo. *"¡No puedes con tu genio!"* ¡ La voz de la consciencia otra vez!

Bianca me había dicho que salía de noche porque estaba afligida, pero yo no la veía así, por lo menos esa noche. Lo que sí pude ver fue una mujer feliz, bonita, con ganas de pasarla bien. Estaba segura que las noches anteriores no se había puesto tan bonita, como aquella noche. ¿Qué tendría de especial esa noche? Me preguntaba.

¿Qué pasó con la Bianca que yo conocía? ¿Es qué cambio de la noche a la mañana? ¿Porqué no había confiado en mi? Preguntas sin respuestas, había algo que no terminaba de comprender. No quería ni pensar que, Bianca ya no confiaría más en mi, me moriría de tristeza. Definitivamente, era algo que Bianca quería guardar solo para ella y era totalmente valido, porque era su vida. *"¡Así es, María Sofía, no le des mas vuelta al asunto y ve a descansar, que bastante falta te hace!"*

Por otro lado, me dio alegría verla, ¡tan bonita y feliz! En ese momento me di cuenta que a donde ella se dirigía era nada mas y nada menos que a encontrarse, ¡con la felicidad! Ahora, ¿de qué felicidad se trataba? No lo sabia. Entre los nervios, la angustia y las ansias que llevaba encima estaba a punto de darme un infarto. Pero valía la pena seguirla. El plan me funcionaria a las mil maravillas.

Me preparé para salir. Era una noche un poco fría. Me había puesto un abrigo color negro por el frió y también para pasar desapercibida, se dice que "de noche todos los gatos son pardos."

Bianca, salió despacio como si no quisiera que nadie la sintiera, se percató que todas las luces de la casa estuvieran apagadas y que todo se encontrara en completo silencio, cerró la puerta principal de la casa, esperé un minuto y salí después de ella. ¿A dónde iba mi sobrina vestida así tan espectacularmente hermosa y a esas horas de la noche y por qué no me había contado nada? Las preguntas alborotaban mi cabeza, ya iba siendo hora de descubrirlo. La preocupación y la intriga eran las culpables de tanta ansiedad.

Bianca caminaba muy rápido, parecía ser, que se le pasaba la hora o llegaría tarde a su cita, yo también aceleraba el paso, no podía perderla de vista. Por supuesto muy disimuladamente. No quería que Bianca se diera cuenta o descubriera que yo la estaba siguiendo.

Me hubiera muerto de vergüenza, si ella me hubiese llegado a descubrir, esa noche, cuando decidí seguirla, yendo tras ella, no hubiera podido verla a la cara y jamas me lo hubiera perdonado, por haber sido tan intrusa. *"¡Y entrometida también, no cambias!"*

Habría caminado como tres cuadras no tan largas, cuando Bianca se detuvo en una esquina, la noche estaba tranquila, había una luna hermosa parecía que ella, era cómplice de todo lo que estaba por pasar aquella noche. Como me gustaría saber de antemano hacía donde estamos caminando las dos. Una detrás de la otra.

Se acercó un carro muy elegante color gris y ella inmediatamente se subió en él. Yo no podía quedarme allí parada sin hacer nada, tome un taxi, con suerte pasaba uno en la cera del frente, subí rápidamente y le dije al chófer que "siguiera al carro de color gris muy cuidadosamente porque en él, viajaba mi hija y quería saber a donde iba a estás horas de la noche." Aparentando mucha preocupación y usando mi imaginación al cien por ciento.

Tenia que ser así. La imaginación es una buena herramienta, nos ayuda y mucho. "La desesperación es la madre de la invención" En el colegio me sirvió de una manera increíble, siempre destaque con muy buenas calificaciones en la clases de composición, nadie me ganaba en esa materia, porque era muy buena, inventando historias.

Recuerdo que mi hermana, (la madre, de Bianca) y yo, nos escapamos un día del colegio para ir a casa de una amiga que se había enfermado y quisimos darle un visita, no se lo dijimos a mamá porque se preocuparía y preferimos callarnos las dos.

De regreso a casa, mi madre nos preguntó que como nos había ido en la escuela y las dos respondimos al mismo tiempo "que muy bien." ¡Con una credibilidad de asombro! Hasta le contamos, como había estado todo en la escuela, con puntos y comas. Mi madre nos creyó todo el cuento, como se dice.

"¿Será qué corre en la familia y Bianca me ha estado contando una que otra historia, también?" Esperaba que no fuera así. Confiaba en ella. Yo, haciendo de detective, la verdad, vergüenza me debería haber dado, pero todo lo hacia por amor. Continuemos...........

El chófer del taxi, al verme tan preocupada me dijo que tome las cosas con calma, que él también era padre de familia, de cinco hijos y que siempre se estaba preocupando por ellos, hasta me dio un consejo; "Mi señora, debe dejarles su espacio, a la juventud no le gusta que nosotros, sus padres, estemos detrás de ellos. Algunas veces somos muy vehementes y queremos saberlo todo." Evidentemente, el chófer sabia de lo que estaba hablando, experiencia tenia y bastante, ¡cinco hijos, eran cinco hijos! Yo lo escuchaba con mucha atención.

Para todo esto ya habíamos avanzado como unas ocho a diez cuadras y el carro gris en el cual viajaba Bianca seguía andando, hasta que se detuvo en una casa muy grande y elegante.

Bianca bajo del carro, estaba lindisima, lo más seguro era que estaba acudiendo a una fiesta, la casa estaba iluminada, se podía ver gente dentro, le pedí al chófer que me dejara en la esquina, le dije que quería estar segura adonde se dirigía mi hija.

Así fue, bajé inmediatamente y me di cuenta que mi sobrina se dirigía a la casona, tocó el timbre, alguien le abrió la puerta y entró a la bella residencia, hay que decir las cosas por su nombre, la casa era hermosa, rodeada de bellos jardines y mucho más .

Le pedí al taxista que no se vaya, que me esperara, porque sólo necesitaba unos minutos. Él, muy atento me dijo que no me preocupara que me esperaría todo el tiempo que yo necesitara.

Caminé hacia la casona acercándome lo más que podía, con mucho cuidado, no quería que Bianca se diera cuenta de lo que yo estaba haciendo. Aunque, todo lo hacia por ella, por el cariño tan grande que le tenía. De cualquier forma estaba invadiendo su privacidad. Pero no me quedaba otra alternativa o nunca lo sabría.

Lo que pude ver por la ventana era que Bianca, dejaba el chal en un sillón cerca a la puerta de entrada y se dirigía al segundo piso, muy rápidamente, definitivamente, era una reunión bastante grande o una fiesta, hasta allí llegó toda mi investigación esa noche. Tendría que haber estado dentro de la casa para saber más detalles y la verdad no sé como lo hubiera logrado, ya había sido bastante temeraria al seguirla hasta allí. Me dirigí de vuelta a mi taxi.

El chófer muy atento me preguntó:

" ¿Está todo bien con su hija?"

"Si, todo bien."

" ¿Conoce usted a la familia Cabaglieri?" Me pregunto el chófer.

"No." Le conteste.

"En esa casona donde su hija acaba de entrar, viven los Cabaglieri, una familia muy querida de la ciudad de Recco."

" ¡No lo sabia, gracias por decírmelo!"

El chófer muy suelto de huesos me contó que todo el vecindario conocía a los Cabaglieri y que yo también los debería conocer, que habían pertenecido a una familia muy antigua de Recco. De muy buena clase social, muy cultos y educados. También me dijo que los varones que habitaban en la casona, eran unos caballeros a carta cabal y que siempre solían hacer muchas fiestas, y que el dueño de la casa era un señor mayor muy atento y muy querido, viudo, que se estaba recuperando de su perdida, la muerte de su bella esposa. También agrego, que los Cabaglieri, provenían de una familia conservadora.

"Mi bella dama," me dijo el taxista, "como es la vida, ella, la señora Cabaglieri murió dejando al señor de la casa Cabaglieri solo y muy triste, aunque sus hijos siempre estuvieron a su lado, había perdido a la mujer con quien vivió muchos años de felicidad, una familia muy unida, muy querida y muy respetada aquí en Recco."

Como sabia aquel taxista, estaba segura que no solo conocía la historia de los Cabaglieri sino muchísimas más, tantas que podríamos pasar muchas horas y yo acabaría enterándome, ¡de la vida de toda la ciudad de Recco!

Partimos de regreso a casa. Había descubierto a donde se dirigía Bianca esa noche. Algunas pensamientos cruzaban mi mente. *"¿De dónde conocía Bianca a la familia Cabaglieri? ¿Quiénes eran? Y lo peor de todo, ¿porqué es un secreto guardado por Bianca.? Hemos vivido muchos años en está ciudad, Bianca y yo, pero nunca supe de la familia Cabaglieri, o tal vez había estado tan ocupada con mi vida que ellos habían pasado desapercibidos."*

"¿Porqué tanto misterio?" Ya comenzaba a ponerme paranoica y eso no estaba bien. Hasta que por fin llegué a casa, me despedí del chófer y cuando me disponía a pagarle me dijo:

"No se preocupe de nada, mi elegante señora, los Cabaglieri son muy decentes y seguro que están tratando a su hija como una verdadera dama, de eso puede estar muy segura y tranquila."

Quedé sorprendida y complacida a la vez, al saber que Bianca estaba en buenas manos cualquiera que haya sido el motivo de su visita. Me despedí del taxista, había sido de mucha ayuda para mi, ¡era una biblioteca andante! Él si que sabia de todo, por supuesto que le pedí su tarjeta personal por si lo necesitaba otra vez más.

Bajé rápidamente del taxi, ya era bastante tarde, no quería que Bianca se diera cuenta que yo estaba aún despierta. Abrí la puerta de la casa y entre casi corriendo, dirigiéndome a mi dormitorio.

No pude dormir, necesitaba saber a que hora llegaría esa noche Bianca. Apague las luces. Y recostada en mi cama, un poquito más tranquila, no podía dejar de pensar en las palabras del taxista, acerca de la familia Cabaglieri. Me había enterado de mucho más de lo que pensé.¿Quienes eran, los Cabaglieri? Según el taxista, gente de mucho prestigio y dinero que habían vivido muchos años en la ciudad de

Recco. Me quede con la curiosidad de saber porque razón yo nunca los había llegado a conocer. Muchas veces vivimos tan ocupados con nuestras vidas que no nos damos cuenta ni quien es el vecino, lo cual esta muy mal. *"¡María Sofia ya basta de pensar mucho y duérmete!"*

Cuando derepente escucho la puerta de la casa que se habré y se cierra con mucho cuidado, ¡era Bianca, había llegado! Serian como las dos o tres de la madrugada, estaba segura que había asistido a una velada muy importante o a una fiesta, no lo tenia claro aun. Mañana sera otro día, fue lo único que pude pensar en ese momento.

Agotada y rendida el sueño me vencía, los ojos se me cerraban de cansancio. Había sido un largo día y una larga noche. Bastante ajetreada para mi gusto, definitivamente ya no estaba para esas andanzas, pero eran necesarias, tanto para Bianca como para mi.

¡Por fin amaneció! Nunca había pedido que amanezca con tanta urgencia como ese día. No veía las horas de ver a Bianca y preguntarle que había hecho la noche anterior, aunque mi intuición me decía que mi sobrina no soltaría prenda, pero por lo menos, lo intentaría, no perdería nada con preguntar, no hay peor gestión que la que no se hace. Recordemos que, "preguntando se llega a Roma."

Me dirigí a la cocina, a preparar el desayuno, de vez en cuando lo solíamos hacer las dos juntas, pero ya últimamente lo estaba preparando yo sola. Al parecer a mi sobrina se le habían pegado las sabanas, ¡otra vez! Ya no era ninguna novedad, se le venían pegando con más frecuencia que antes.

¡De pronto Bianca entra a la cocina! Muy contenta y relajadita, por lo visto, le había ido muy bien la noche anterior, había estado en una fiesta, pero ella no tenia ni la menor idea que yo también había estado fuera esa noche siguiéndole los pasos y que había llegado hasta la casa de la familia Cabaglieri!

Fue allí donde le pregunte, "¿Bianca, querida, porqué no me cuentas lo que te está pasando, tal vez yo te pueda ayudar?"

"¡Mas adelante te lo contare, todavía es muy pronto. Te prometo tía, que lo sabrás todo con puntos y comas!"

Pues no me quedó otra cosa que escucharla y respetar su decisión, ¡otra vez más! Le estaba pasando algo y no era cualquier cosa, llegue a pensar que si Bianca no me contaba sus problemas de una vez y por todas, ¡pronto reventaría de angustia! Yo tenia mucha paciencia, pero por ratos me parecía que se me acabaría pronto. Tenia que enfrentar a Bianca pase lo que pase. ¡ Algo estaba pasando y no era cualquier cosa, tenia que saberlo!

Inmediatamente terminado el desayuno, salí para el trabajo pues tenía algunas cosas pendientes que hacer, Bianca no fue a trabajar ese día, dijo que quería tomar unos días libres que estaba cansada, bueno, que más daba, siempre había trabajado muy duro en la empresa, ella tenía todo el derecho de tomarse más que unos días, se lo tenia muy merecido. Ademas, era la dueña de la empresa.

Era más que seguro que tenia una gran preocupación puesto que casi nunca había dejado de ir a la empresa, a ella le encantaba su trabajo, le gustaba lo que hacia. Tenía que ser algo muy importante, lo que le estaba sucediendo, a mi pobre Bianca, ella ocupaba casi todos mis pensamientos, tampoco yo podía trabajar tranquila y decidí regresar a casa más temprano por si ella me necesitaba

Bianca había llegado a ocupar toda mi vida, sabia que estaba mal, porque yo también tenia derecho a buscar la felicidad, me refiero a encontrar a un hombre que me acompañe el resto de la vida. Pero no quería pensar así, me cerraba a todo lo que no sea Bianca.

Al llegar a casa, Bianca no se encontraba allí, así que decidí prepararme algo de comer, una sopa de pollo con vegetales, en realidad algo muy ligero, hasta el apetito se me había ido de la preocupación que tenía por ella. Tampoco podría ser nada tan malo puesto que Bianca había llegado de la fiesta bastante contenta, que algo le estaba sucediendo, si era cierto, ¿pero qué? La gran pregunta.

Ya eran como las cuatro de tarde y ella no regresaba, me comencé a preocupar, cuando de pronto, ¡ llegó Bianca, con muchas bolsas de compras! Había comprado algunos vestidos porque necesitaba cambiar el vestuario. Fue lo primero que dijo.

Casi siempre que Bianca tenia más de un problema iba de tiendas, evidentemente calmaba sus nervios o algún estrés que le apareciera, había comprado cosas muy lindas, su buen gusto siempre estaba presente, con estrés o sin él. Si, el placer de ir de compras, la mejoraba de sus preocupaciones, estaba permitido.

Bianca había comprado de todo un poco, cuando ella quería, gastaba mucho dinero para sus caprichos. Me pareció que había exagerado, no le dije nada, puesto que ella sabia lo que hacia perfectamente con su dinero, ya estaba bastante grandesita.

Lo bueno de Bianca era que así como compraba, así mismo lo daba todo a los más necesitados, siempre fue muy justa y con mucha voluntad para el prójimo.

Últimamente la veía muy arreglada más de lo que ella acostumbraba hacerlo, por lo que deduje que había un hombre en su vida, tal vez mi sobrina, ¡se había enamorado! Lo cual sería fabuloso, siempre que podía y ella me lo permitía le decía: "¿Cuándo te enamoraras otra vez? ¡Quisiera verte feliz de amor.!" Ella me contestaba que a ella también le encantaría pero que todavía no había conocido al hombre correcto. Claro estaba, después de Renato, su corazón no había querido volver amar.

Yo sabia que eso no era verdad, porque Bianca era romántica, enamorada del mismo amor, lo que pasaba era que ella quedó tan dolida con la actitud de Renato, que puso un candado en su corazón. Pero, "¿hasta cuando lo tendría bajo siete llaves?"

Habían pasado cinco años desde que se divorcio de Renato, un muchacho muy guapo y muy decente, fue un amor loco, pero lleno de pasión, se les veía muy felices hasta que mi pobre sobrina descubrió su deslealtad y todo se acabo.

Renato, vivía muy cerca de casa. Ellos se conocieron allí mismo en el barrio, se enamoraron locamente y se casaron. Estudiaron juntos en la misma universidad, se podía ver que Renato, si tenia ganas de progresar, tenia ambiciones. Bianca lo ayudó mucho en sus estudios, porque algunas veces Renato flojeaba un poco. Los dos terminaron la carrera de Administración de Empresas, graduándose juntos. Bianca obtuvo el primer puesto de honor.

La pareja se mudo cerca a nuestra casa, Bianca quería vivir en el mismo barrio y así estar cerca de alguna manera a mi, yo era su única familia. Cualquier cosa que ella necesitase, allí estaría yo para ayudarla.

Un día yo regrese más temprano de la empresa y me sorprendió ver el carro de Renato estacionado frente a su casa en horas de trabajo, al principio pensé que estaba con Bianca también, que habían terminado temprano o que tal vez no fueron a trabajar ese día, ya que los dos trabajaban en empresas del mismo rubro, hasta tenían el mismo horario, muchas veces coincidían y salían juntos. Pero ese día no fue así, cual seria mi sorpresa, cuando lo vi salir de su propia casa, la casa que compartía con Bianca, su esposa, con otra mujer, iban casi abrazados y besándose.

Me quedé tan sorprendida que me dio pesar decircelo a mi sobrina, ella se pondría muy triste, pero tenia que hacerlo, era mi obligación, no podía permitir ese tipo de traición.

Con mucho dolor en mi corazón se lo dije. Bianca, quedó con el corazón partido, triste y sola, sufrió mucho, lo quería de verdad, fue un amor de juventud de esos que ni se piensa dos veces antes de decir ¡ sí, me caso contigo! Un amor loco en todo el sentido de la palabra, preparados no estaban, nunca lo estuvieron, pero cuando el corazón se encapricha, quien puede contra él.

Aunque pasaron muchas lunas, como se dice, ella lo seguía recordando y queriendo, era de esos amores que no se pueden borrar tan fácilmente. Renato, muy inmaduro, no tomo consciencia que ya era un hombre casado y que debía ser fiel a su esposa, ademas se había casado con una bella mujer, tanto por dentro como por fuera. Los hombres son analfabetos emocionales. ¡Cuando aprenderán! Yo también tuve un amor así, de esos que se aman, con locura y pasión, hace ya tanto tiempo de aquel romance, que la memoria me traiciona.

Despúes del rompimiento de Bianca y Renato, inmediatamente nosotras salimos del barrio, mudándonos a una nueva casa, donde fuimos muy felices, con nuestra diferencias y similitudes, pero allí estábamos, tía y sobrina, unidas, siempre que ella me lo permitía, estaba presente para darle una mano en todo lo que podía.

Volvamos a las compras de Bianca, recuerdan cuando ella salió de compras y compró muchas cosas lindas......Bueno, entre esas cosas había comprado un vestido blanco muy original, me llamó mucho la atención porque parecía un vestido de novia, le pregunté que porqué había escogido ese vestido tan lindo. Ella me respondió, que tenía una boda y lo compraba para una amiga, muy querida.

Me quedé pensando muchas cosas. Hasta llegué a pensar que ella se casaría pronto y yo sin saberlo, ¡pero qué ocurrencia la mía! Con que novio, ¡ella no tenia ninguno!"¡*María Sofia, deja de meterte cosas en la cabeza y espera a que Bianca te cuenta que le esta pasando de verdad!*"

"¿Para cuándo es la boda de tu amiga?" Le pregunté.

"Sera pronto, tía, le faltan algunos detalles nada más."

Yo insistí en el día, pero Bianca sólo me dijo qué más o menos en tres semanas, que los padres de su amiga estaban por venir de España, donde residían ya hace algún tiempo.

Bianca, me contó que su amiga se llamaba Raquel y que yo no la conocía aun, pero que pronto lo haría, porque estaría invitada a la boda la cual se celebraría en una casa muy elegante.

Recuerdo que mientras mi sobrina me detallaba los planes para la boda de su amiga, me vino a la mente la casona ¡la casa de los Cabaglieri! ¿Se casaría allí su amiga? Me preguntaba. Por otro lado me encantó el detalle que seria invitada a la boda. Aunque a decir verdad, nunca había escuchado de Raquel, me pareció un poco raro.

¿Quién era Raquel? Su nombre no me decía nada, de la empresa no era, yo conocía a todos los empleados y su nombre no me era familiar. Ya todo me parecía extraño. ¡¿Es qué me estaba volviendo más paranoica de lo que ya estaba?!

Mientras estuvimos conversando de la boda de su amiga, Bianca, continuaba sacando ropa muy fina y muy bonita de las bolsas, la verdad que yo estaba mas que encantada viendo tanta maravilla.

Bianca también me dijo que ya era hora de conversar y que me contaría sus problemas y angustias. Quedé bien contenta y fijamos una fecha para la conversación. No entendía porqué tanta programación para tener una simple charla o tal vez no era tan simple como yo creía. Todo ese tema de la conversación ya me estaba pareciendo bastante peculiar.

Pasaban los días y entre el trabajo y los quehaceres de la casa, la conversación entre Bianca y yo, se estaba haciendo esperar. Lo cual me ponía más nerviosa de lo que ya estaba, porque era evidente que ella no quería tenerla del todo. " *¡Tranquila María Sofia ya se dará!*"

¿Qué estaba esperando Bianca? Tal vez se desanimo de hacerlo. O ¿Es qué no estaba segura de lo que tenia que contarme? Las preguntas no paraban de pasar por mi cabeza. Así que decidí no angustiarme más con el tema de la conversación con mi sobrina, de lo contrario acabaría loca. Si Bianca tenia un secreto era su secreto y no tenia porque estar inmiscuyéndome. "*¡Por fin lo entiendes, María Sofia! Las cosas se darán cuando se tengan que dar! Testaruda!*"

Una tarde de un día muy soleado la vi llegar en su automóvil muy apurada, había ido al salón de belleza, entró casi corriendo y me saludo a la volada. Le pregunté que porque estaba tan apurada y me contestó que tenía una reunión a las siete de la tarde.

Como venían sucediendo tantas cosas de repente, me imaginé que podría ser la boda de Raquel, pero no fue así, porque Bianca ya me había dicho que faltaban unos días y que no me preocupara porque yo también iría a la boda. Lo que pasaba conmigo era que mi imaginación volaba y de que manera.

Bianca se dirigió al dormitorio a arreglarse, demoró como dos horas, y cuando salió, me quede sorprendida, se había puesto el vestido blanco de novia, quede casi sin habla y le pregunté: "¿ Bianca, de que se trata todo esto?"

Bianca con una gran sonrisa como burlándose de mi, me dijo que no me asustara que simplemente quería probarse el vestido para ver como le quedaría a su amiga.

"¡Vaya que tal susto que me has dado por un momento creí que tú eras la que te casabas y no me habías dicho nada!"

"¡Cómo crees tía María Sofia!" Me respondió ella. Yo quedé más sorprendida aún, puesto que casi nunca Bianca me llamaba por mi nombre completo. Algo estaba pasando y yo no lo había terminado de descubrir.

"¿A dónde vas tan bonita?" Le pregunte.

"A la reunión de unos buenos amigos." Me contesto ella.

No me quedo otra cosa que creerle, se vive mejor creyendo, que no creyendo, por lo menos la vida se hace más fácil.

¡Bianca, estaba bella, muy linda! Efectivamente, sólo se había probado el vestido de su amiga Raquel por curiosidad. Pues ella, iba vestida de color rosa pálido, un lindo vestido, debió haberle costado una fortuna, me parecía que iba a un cóctel o despedida de alguna amistad. ¿Quién seria? En esa ocasión la vi más alegre, como ilusionada, fácilmente podría haber pensado que se había enamorado. Sus ojos tenían un brillo especial, un brillo de amor.

Esa noche pensé mucho en mi querida sobrina Bianca, lo bonita que se le veía, y lo feliz que estaba. Yo tenia la seguridad que Bianca, estaba enamorada, sus ojos lo decían todo, tan solo esperaba que en esa oportunidad, ella escogiera mejor, porque otro Renato seria demasiado. ¡No sólo para ella sino también para mi!

Bianca había ganado experiencia y creo que estaba mejor preparada para el nuevo amor, de los errores y fracasos se aprende, estaba segura que ella, había aprendido y mucho. ¿Pero quién seria el afortunado? Estaba casi segura, que cupido era el responsable de los cambios que Bianca había estado teniendo últimamente.

Me vino a la cabeza, ¡la casona de los Cabaglieri! ¿Seria qué habría ido para allá? Confiaba en ella y sabía que me había dicho la verdad, que iba a una reunión de amigos, pero no me dijo donde seria la reunión. Tenia el presentimiento que ella, había ido a la casona. Trataba de no pensar pero la idea la tenia fija en mi cabeza. No sé, pero tuve el impulso de ir, si no estaba allí, no pasaba nada. Pensé.

Decidí ir a casa de los Cabaglieri sólo por curiosidad. Me vestí rápidamente y tomé el primer taxi que encontré, no me dio tiempo a llamar al taxista de aquella noche, pues la tarjeta con sus datos personales no la encontraba por ningún lado, de puros nervios que tenia, rápidamente subí al taxi y le di al chófer los datos de la calle a donde me dirigía y así fue como llegué a la casona. Para mi sorpresa, ¡la casa de los Cabaglieri estaba iluminada! Me quedé sorprendida al verla así, algunas preguntas saltaron en mi cabeza; "¿Qué estarían celebrando los Cabaglieri? ¿Estaría Bianca, en la casona, otra vez?"

La respuesta estaba a sólo pasos de donde yo me encontraba. Debo confesar que me puse nerviosa de pensar que descubriría a Bianca, me sentí mal, invadiendo su espacio, al fin y al cabo era su vida, ella sabia lo que hacia. Pero tenia que seguir a mi intuición.

Pero pudieron más las ganas y la curiosidad que tenia en esos momentos que me dispuse a entrar, habían muchos invitados, todos muy elegantes de saco y corbata, las mujeres de vestido largo, se estaba celebrando algo muy grande y por todo lo alto, de eso no cabía la menor duda. Tenia tantas incógnitas en mi cabeza que fueron esas precisamente las que me dieron valor para tratar de entrar a la casona, había llegado la hora de saberlo de una sola vez, era mi oportunidad de oro y no la perdería por nada del mudo.

No hubo necesidad de entrar, en ese momento salían unas parejas muy divertidas, ¡estaba de suerte! Me acerque y les dije;

"Buenas noches, estoy buscando a Bianca Rossi, soy Rafaella, su amiga y quisiera hablar con ella, es algo muy importante, si me hicieran el favor de avisarle que estoy aquí, se los agradecería."

Una mentira blanca de vez en cuando no hace daño. Para sorpresa mía, ellos me contestaron que sí la conocían, pero que estaban seguros que ella estaba muy ocupada con los invitados.

Inmediatamente les pregunte,

"¿Qué tipo de fiesta es la que están celebrando?"

"¡Es un cumpleaños!"

Me quede pensando, ¿hasta dónde llegaba la familiaridad con los Cabaglieri? Decidí esperar afuera, haber si algo sucedía, cuando de pronto.... ¡vi salir a Bianca! Sonriendo del brazo de un hombre muy elegante, educado con mucha clase y con aspecto de galán de cine, ¡ ¿pero quién era él?!

Bianca estaba feliz y muy linda. ¿Es qué se había arreglado sólo para él? Además, las parejas que encontré en la entrada de la casona, me dijeron que era una fiesta de cumpleaños. "¿Quién estaba cumpliendo años esa noche tan especial?"

No le perdí pie ni pisada a Bianca, la observaba desde el jardín de la casa, ella conversaba con aquel hombre, reían, estaban agarrados de la mano, de un momento a otro se abrazaron y se besaron, inmediatamente saque mis conclusiones. Estaba tan afligida mi querida sobrina. ¡Pero de amor!

Me puse tan feliz por ella. "Ya era hora de que Bianca encontrara a alguien a quien amar y que ella sea amada también, ¡se lo merecía!" Fueron mis primeros pensamientos. A Bianca le estaba faltando eso, "¡un amor en su vida, una ilusión!"

En un minuto me puse a pensar, "¿sera el cumpleaños de aquel maravilloso hombre?" Bianca si que tenía buen gusto, salio a su madre. Mi hermana (la madre de Bianca) tenía un gusto muy selecto para todo hasta para escoger marido, puesto que el padre de Bianca fue un hombre muy culto, inteligente y guapo.

Tendría que esperar al día de mañana para saber toda la verdad, yo estaba feliz, inquieta, temerosa, curiosa, tenía muchos sentimientos encontrados. De lo que si estaba segura era que Bianca hablaría conmigo y mucho. Esa noche, fue la mejor noche de mi vida, todas mis preocupaciones, ya no tenían fundamento alguno, se habían ido por completo, ¡ Bianca estaba enamorada!

Aquel hombre maravilloso, debía ser uno de los Cabaglieri, estaba casi segura que lo era. Por las descripciones que me había dado el taxista, todas coincidían. Me podía imaginar a Bianca enamorada de aquel hombre tan guapo e interesante. Comenzaba a comprender muchas cosas, sobretodo sus constantes salidas a media noche.

Me fui a casa muy tranquila puesto que ya sabia a donde se dirigía Bianca casi todas las noches, a encontrarse con el propio amor. Ya en casa, no podía dormir, ademas, quería esperar a Bianca que llegase para poder irme a dormir tranquila. De pronto, escuche que abrían la puerta de la casa, era Bianca que llegaba, serian como las tres de la madrugada. No había duda. Había sido una gran fiesta de cumpleaños y una gran noche para Bianca.

Amaneció y me dirigí a la cocina como todos las mañanas a preparar el desayuno, Bianca demoró un buen rato, pues las sabanas se le habían pegado, como siempre, ¡obviamente! Cuando apareció y me dijo: "¡Si supieras lo bien que lo pasé anoche!"

"Me imagino, te sentí llegar un poco tarde."

Trate de disimular que yo la había estado esperando. Ni se podía imaginar que yo había estado en la misma fiesta, ¡y que lo había podido ver casi todo!

"¿Cómo te fue en la reunión de amigos, Bianca?"

"Ya es hora de que sepas algo que me está sucediendo y me gustaría contártelo, ¡ me muero por decírtelo, María Sofia!

¡ Otra vez me llamo, María Sofia! Ahora si lo contara todo. Por fin mi sobrina contaría aquel secreto, que tenia guardado celosamente en su corazón. Mientras la miraba con ternura recordaba momentos preciosos al lado de Bianca, pasajes de mi vida fueron pasando como si fuera una película, donde la protagonista era mi Bianca, sabia o presentía lo que ella me diría, el amor le había llegado y eso significaba tal vez matrimonio para mi querida Bianca.

Algunas lagrimas cayeron por mi mejía, ¡eran de felicidad! Por ella, si ella estaba feliz yo también lo sentía así.

****

BIANCA ENAMORADA

Cuando Bianca, comenzó su relato diciendo que había conocido a una persona excepcional, inteligente, educado, culto, con clase, amoroso, cariñoso, comprensible, yo me preguntaba; "¿Quién podría ser ese personaje y de dónde le habían salido tantas cualidades y virtudes?" Bianca ya tenia suficiente descripción sobre su príncipe azul, estaba a punto de saber el nombre del misterioso hombre, ¡pero cual seria mi sorpresa cuando me dijo su nombre completo! "¡Carlo Cabaglieri!" ¡Era ni más, ni menos que el dueño de la casa grande!

Sabia que había conocido a alguien interesante pero nunca pensé que era el mismo Cabaglieri. Mis sospechas estaban acertadas había un hombre en su vida. Aunque, por lo poco que me había contado, Carlo, había impresionado a mi sobrina desde la cabeza hasta los pies. Fue entonces cuando me contó parte de su historia.

Bianca empezó a hablar y a contarlo todo, esa era la Bianca que yo conocía abierta, franca, honesta, sincera, comunicadora y amorosa.

"¡Ayer se celebró el cumpleaños de Carlo. Lo conocí en una reunión de empresarios, ya hace como tres meses!...."

Mientras Bianca detallaba los pormenores de su encuentro con Carlo, me iba dando cuenta que fueron tres meses los del comportamiento extraño de ella, lo podía entender mejor, "era el amor que estaba comenzando a rondar en el corazón de mi bella sobrina." Tenia que haber una explicación con sentido y ese motivo tenia mucho sentido, ¡tenia amor! Mi corazón, latía más a prisa de pensar que Bianca por fin contara su gran secreto nocturno.

"¡Si supieras, María Sofia, como lo hemos pasado, de maravilla! Nos hemos divertido a más no poder, Carlo estaba super contento, primero, porque estamos enamorados y lo hemos gritado a los cuatro vientos, precisamente ayer, por eso tía, te lo estoy contando ahora, ¡estoy enamorada y feliz! Carlo, es lo mejor que he conocido y me he enamorado como una loca de él. ¡Lo amo con todo mi corazón! Todo esto que me esta pasando me parece un sueño. Pero sé que es real."

Yo escuchaba con mucha atención el relato de Bianca, estaba muy interesante. ¡ Por fin se hablaba de amor en casa!

"¡La fiesta estuvo muy animada!" Continuaba Bianca. "Hubo de todo, buena comida, música, gente entretenida y alegre, Carlo estuvo muy feliz celebrando su cumpleaños. Él, es sensacional, un hombre maravilloso, con un buen sentido del humor, que es lo que me interesa. Llegaron amigos de todas partes de Italia, para saludarlo, es un hombre muy conocido e importante. También celebraron su ascenso de Director de la Compañía de su padre. Carlo es muy inteligente y está llevando la empresa de la familia, muy alto."

"¿A qué se dedican los Cabaglieri?" Le pregunte.

"¡Exportaciones! Tienen el mismo tipo de empresa que nosotras, como veras tenemos mucho en común."

"¡Así que tendremos competencia!" Le dije a Bianca.

Bianca me respondió que sus exportaciones eran de otro tipo, de consumos. Se le veía tan feliz, sobretodo cuando nombraba a Carlo, lo que pude comprender inmediatamente, era que se había enamorado de aquel Carlo Cabaglieri, ¡hasta los huesos!

Recordé las palabras del chófer del taxi, cuando me dijo que no me preocupara por mi hija que los Cabaglieri la tratarían como una dama, ¡y era verdad! El taxista sí, que los conocía muy bien.

Bianca seguía con su relato. Estaba tan entusiasmada que la deje hablar todo lo que quisiera, habló de los viajes que hacia Carlo por el trabajo, de su vida personal y de su familia, también. Me contó que Carlo era el nuevo Director de la Compañía y que el padre de Carlo Mario, no pasaría al retiro, que seguiría dirigiendo la empresa al lado de su hijo, porque según el señor Cabaglieri, tenia mucho que aportar a la empresa todavía. Como quien dice, tenia para rato.

Bianca contó muchas cosas. Tenia tanta ilusión con su nuevo amor que yo quedé mas que satisfecha con todas las maravillas que había escuchado, sobre Carlo y su familia. Quería lo mejor para ella y estaba segura que Carlo era la persona indicada para mi querida Bianca, la comprendería, la apoyaría y lo principal, la amaría. Con toda seguridad llenaba las expectativas de Bianca. ¡Y las mías también!

Me contó que Carlo había cumplido cuarenticinco. Por eso fue una gran celebración. Bianca tenia cuarenta y él cuarenticinco, para mi hacían una bonita pareja, Carlo le llevaba cinco años, muy interesante. Enseguida le hice la gran pregunta, la repuesta que estaba esperando hace algún tiempo.

"¿Porqué no me contaste lo de Carlo anteriormente? Ahora entiendo cuando tu decías que no podías dormir que tenias ciertos problemas que resolver. En realidad, hasta donde yo sé, ¡enamorarse no es un problema, todo lo contrario es la felicidad mas grande!

"Lo que pasa tía, es que no quería adelantarme a los hechos, quería estar segura de mis sentimientos y conocer un poco más a Carlo, no quería apresurarme, o tomar decisiones adelantadas, quería estar segura de todo, por esa razón te decía que no podía dormir bien y que tenia que poner en orden mis pensamientos, espero que me comprendas ahora que lo sabes todo."

"Por supuesto que ahora que me lo dices así, te comprendo perfectamente, la verdad, yo si estaba muy preocupada cuando te veía cabizbaja, sabia que tenias un problema o una preocupación aunque también habían días que te encontrabas muy contenta, ilusionada, ahora comprendo todo lo que te estaba sucediendo, estabas tratando de volver amar, de volver a creer en el amor y por eso te sentías confundida y por supuesto que necesitabas tu espacio, te entiendo y te apoyo en todo, mi querida Bianca."

La abracé y la besé con una ternura, como si tuviera siete añitos de edad, como cuando era pequeñita y quería algo y no sabia como pedírmelo, era muy dosil y tierna. En esos momentos, podía ver aquella niña tratando de ser una mujer. Una mujer muy enamorada y muy segura de si misma. Bianca continuo con su relato..........

"Los Cabaglieri no estaban muy seguros de hacer ningún festejo porque el padre de Carlo no se había estado sintiendo bien de salud, aunque ahora ha mejorado bastante, por eso se animaron a festejar todo junto, su cumpleaños y su ascenso, casi a última hora se comenzaron hacer los preparativos.

"Tú sabes que te adoro tía y no hubiera dudado en invitarte a la celebración que tuvieron los Cabaglieri si lo hubiera podido hacer. Además, como te dije, quería estar segura que todo esto funcionaria, me refiero a la relación con Carlo, no quería más decepciones, tú mejor que nadie sabes todo lo que me ha pasado. Pero ahora María Sofía, preparate porqué ¡te daré una noticia!"

Era muy serio lo que tenia que decirme evidentemente, porque me volvió a llamar María Sofia, ¡otra vez!

"¡Me voy a casar! ¡Y quiero que tú seas mi madrina!"

Recuerdo haberme quedado sin habla, al extremo que Bianca creyó que me había sucedido algo. Demoré en reaccionar, parecía como si hubiera escuchado algo sobrenatural o de otra dimensión, no exagero, decirme eso, así de pronto no estaba preparada, bueno, nunca se está del todo preparada, para una noticia de esa envergadura. Ya estábamos hablando de matrimonio, algo muy serio.

Pero inmediatamente reaccioné, la abracé fuertemente y casi llorando le dije que me alegraba por ella, que le deseaba mucha suerte y toda la felicidad del mundo, que se merecía eso y más, le dije también que siempre ella había creído en el amor y que yo estaba segura que algún día lo encontraría. ¡Había llegado el momento que Bianca sea feliz, mi pequeña, se vestiría de novia!

Estuvimos conversando un buen rato, recordando cosas del pasado, a Bianca le gustaba saber de sus padres. Le encantaba que le contara anécdotas y cosas de familia, tuvo unos padres maravillosos siempre preocupados por ella, "mi tesoro." así llamaban a Bianca.

Desde la muerte de sus queridos padres hemos vivido juntas y compartido de todo. El cariño reciproco de ambas, nos ha mantenido siempre unidas, llevando el día a día de la mejor manera. No me cansare de decirlo, ¡la adoro con toda mi alma!

Me alegró mucho la noticia de su boda. Me sentí muy feliz por ella, mi adorada sobrina, tenia todo el derecho de amar y ser amada, se lo merecía, le dí gracias a Dios porque Bianca había encontrado el amor. Su felicidad estaba ante todo, pero no podía negar que me dio tristeza al pensar que ya no la vería tan seguido como lo venia haciendo. Como era lógico y natural ella se iría con su esposo a vivir su propia vida. El casado casa quiere.

Pasaron por mi mente muchos recuerdos de Bianca, cuando nació, su adolescencia, juventud, madurez, la había cuidado tanto que hasta me había olvidado de mi, pero así fui feliz. Recuerdo que cuando nació era tan pequeñita y frágil que hasta para levantarla en brazos yo ponía mucho cuidado, no quería que le pasara nada, mi hermana (mamá de Bianca) me decía "nada le va a pasar."

¡Nunca había tenido un bebé en brazos! Bianca fue como un rayito de sol en mi vida, ¡que iluminaria mi existencia! Y no me equivoqué. Ella, siempre llenó mi vida de amor y alegría, ¿que hubiera sido de mi sin ella! Muchas veces me lo había preguntado y la repuesta era la misma, tristeza y soledad.

A decir verdad la noticia de la boda de mi sobrina me había dejado algo sensible y sentimental, no la terminaba de asimilar del todo, estaba muy feliz, pero con algunas preocupaciones. Como siempre pensando y sacando conclusiones adelantadas.

Me vinieron muchas preguntas y pensamientos, tratando de encontrar respuestas inmediatas, las cuales tomarían tiempo en ser respondidas. Tenia que hacerme a la idea de que viviría sola otra vez.

"¿Cómo sera mi vida sin ella?" Me preguntaba. Sabia que la iba a extrañar y mucho. Pero mi amor por Bianca, podía más y haría todo lo que estuviera a mi alcance por su felicidad, sin duda alguna. *"¡ María Sofia! ¡No te pongas sentimental, terminaras llorando!"*

Entre los preparativos de la boda y el trabajo de la empresa fueron pasando los días. Una tarde Bianca me dijo que ya era hora de ir a casa de los Cabaglieri, para conocer al novio y a su familia.

Yo, por supuesto le dije que sí inmediatamente. Así que empezamos a organizarlo todo, para conocer al novio de mi querida sobrina. ¡No faltaba más! Hasta me había parecido que se habían tardado un poco con la presentación oficial de Carlo Cabaglieri. Me hubiera gustado conocerlo mucho antes, pero a esas alturas del partido no me pondría exigente, nunca lo había sido.

Bianca quería contarme todo sobre su futura familia, tanto para ella como para mi, era importante, así que, una mañana después del desayuno Bianca me contó lo siguiente:

"Carlo, no tiene mamá. Ella, su madre murió de cáncer. Y el padre de Carlo se aisló mucho, entonces la soledad se apodero de él poniendo su buen carácter en el piso. De allí le vinieron algunas enfermedades, tenia malos momentos, todo se debía a la perdida de su esposa, un matrimonio muy unido, al parecer la amaba mucho.

"Carlo, tiene dos hermanos más, una mujer y un hombre. Felizmente me llevo bien con ellos, es una buena familia, todos tratamos de llevarnos bien, diferencias siempre van haber pero llevadas con inteligencia y sentido común se pueden sobrellevar."

Así se expresaba Bianca de su futura familia. Mi Bianca había aprendido mucho de la vida, que mejor escuela que la propia vida para aprender de todo, lo bueno y lo malo.

"Bianca, ¿Carlo tiene hijos?" Le pregunté.

"Nunca se ha casado y hasta donde yo sé no tiene hijos. Es soltero, que maravilla, así no tendré que lidiar con hijastros ni ex-esposas, es completamente soltero y solo para mi!"

¡Qué suerte la de Bianca! ¡Eso si era sacarse la lotería!

Bianca y yo, quedamos para ir a cenar a la casona, como yo la llamaba. No lo voy a negar, estaba bien emocionada porque al fin conocería al novio, aquel hombre maravilloso del cual Bianca contaba maravillas, el cual le había quitado el sueño muchas noches.

Estuve yendo de tiendas casi por dos semanas para comprar un bonito vestido, la ocasión lo ameritaba. ¡No lo podía creer! Iría nada más y nada menos ¡que a casa de los Cabaglieri!

¡Quién lo hubiera dicho! A la misma casa que una noche llegué siguiendo a Bianca muy preocupada sin saber que allí mismo encontraría el amor de su vida. Las sorpresas de la vida, cada día aprendía y me sorprendía más. No había nada que hacer, el destino estaba escrito con letras grandes y muy legibles.

¡Llegó el día tan esperado por mi! Me había comprado un vestido precioso color negro, me pareció el más indicado para la ocasión, sobrio y elegante, así era yo, muy elegante y sencilla a la vez, ¡tremenda clase que tenia! ¡ Bueno, echarme un poquito de flores de vez en cuando no esta nada mal! ¿Verdad?

Bianca, vestía de color azul-gris, los zapatos también del mismo color, el vestido estaba muy ceñido a su cuerpo, pero había que ver la silueta de Bianca, ¡esbelta, preciosa! Mucho deporte, se mantenía de maravilla, a todo eso le agregamos la personalidad que tenia sin dejar de mencionar la clase; ¡todo junto la hacia una mujer espectacular!

Estábamos dando la hora como se dice. No voy a negar que no estaba nerviosa, claro que si lo estaba, no íbamos a cualquier fiesta ni a cualquier casa, iba a conocer al novio de Bianca, así como también seria la primera vez que conocería la casa de "¡Carlo Cabaglieri!"

Bianca y yo, habíamos ido al salón de belleza a terminar nuestro arreglo personal, bueno si de eso se trataba, en realidad yo seria la única que tendrían que ser ¡arreglada! Porque Bianca, no lo necesitaba, era más, parecía una princesa sacada de un cuento de hadas a la que su príncipe estaba esperando con ansias.

Yo soy una sentimental empedernida, al verla tan bella se me cayeron algunas lagrimas de felicidad, no podía controlarme, la emoción me embargaba.

Carlo, mando a su chófer a recogernos, me sentí muy alagada por ese detalle, era una noche hermosa, parecía que las estrellas y la luna se habían puesto de acuerdo para brillar esa noche, más que otras. Bianca y yo salimos de la casa muy contentas y felices.

Estaba por terminar el ciclo de soltería de mi adorada sobrina, ¡no lo podía creer! Hasta llegué a pensar que todo era un sueño o invento mio, pero todo era tan cierto como la noche iluminada de estrellas que nos acompañaba. Antes de subir al auto de lujo que nos había mandado el novio de mi sobrina, le dije a Bianca:

"¡Querida Bianca, estoy feliz por ti! Al parecer se me cumplirá mi deseo, no quería morirme sin antes verte enamorada y si te casabas mucho mejor, no lo voy a negar estoy nerviosa porque conoceré a Carlo en persona, ¡ya parezco yo la novia!" Nos abrazamos y nos echamos a reír. ¡Estábamos felices! La bese en la frente como cuando era niña y le di mis bendiciones.

¡Llegamos a la casona! Bajamos muy tranquilas y orondas del carro. Nos esperaba una gran recepción. ¡No era para menos! Inmediatamente nos abrieron la puerta de la casona y con mucha atención y amabilidad nos hicieron pasar a tan maravilloso salón. Estaba frente a nosotras, ¡el novio de Bianca! Tal como ella lo describió. Yo quedé maravillada con Carlo, muy educado y con mucha clase, inmediatamente nos presentaron. Él, extendió su mano y cogiendo la mía la beso, ¡no lo podía creer, como de película! ¡Un caballero en todo el sentido de la palabra!

Todo lo que Bianca me había contado acerca de Carlo era tal cual. Lo había descrito muy bien. Ya en persona Carlo era todo un personaje. Un hombre maravilloso. Ahora entiendo a mi sobrina porque estaba tan desvelada y salia casi todas las noches, era que no podía dejar de visitarlo, cualquier mujer se enamoraría de él, ¡sin pensarlo dos veces!

Y así comenzamos una pequeña conversación de introducción, seguidamente se acercó el padre del novio, se llamaba Mario Cabaglieri, muy elegante también, yo diría que muy parecido a su hijo con mucha clase y educación, ¡ que buena familia eran los Cabaglieri! Bianca y su corazón habían escogido muy bien.

Mario, el padre de Carlo, tendría como setenta años, estaba muy bien conservado para su edad. De muy buen carácter, al parecer habría superado ya su enfermedad de soledad. Pero había algo en él que me recordaba a alguien que yo había conocido en el pasado, pero el nombre de Mario Cabaglieri, no me sonaba para nada. *"¡Tranquila, María Sofía, no era lo que estabas pensando!"*

Bueno, no iba a pasar toda la noche adivinando si conocía a alguien del pasado, ¡parecido a ese caballero! Tenia que disfrutar de la cena y conocer al resto de la familia, que dicho sea de paso fueron muy amables y atentos conmigo.

La recepción fue inolvidable. Bianca estuvo muy feliz, era definitivamente su noche. Departiendo con la familia de su novio y amigos, ella era super sociable, le encantaba la gente, como anfitriona excelente, iba y venia por la casa, en realidad la conocían muy bien. Se podía ver que supo aprovechar muy bien los paseos nocturnos.

Los Cabaglieri se portaron con nosotras estupendamente. Y de los preparativos que hicieron tanto Carlo como Bianca para la boda ni decir nada, iban por buen camino, se podía ver claramente que Carlo adoraba a Bianca, "¿pero quién no podría adorar a Bianca?" ¡Si era maravillosa! Por supuesto que entendía a Carlo, se enamoró a primera vista y de la mejor, ¡de mi adorada Bianca!

No podía dejar de pensar en la suerte que tenia, mi querida sobrina, se casaba con un hombre soltero, culto, educado, guapísimo, adinerado, sin hijos, ¡y que la adoraba! ¿¡Se podía pedir algo más!?

La casona estaba espectacularmente decorada y con un buen gusto, todo muy fino y selecto, se veía que la familia Cabaglieri había vivido muy bien, razón tenia el taxista, los describió al detalle.

Una casa hermosa tanto por fuera como por dentro. Con unos lindos jardines, la diversidad de plantas y flores de bellos colores, le daba una calidez preciosa, la pileta de agua al centro del jardín la hacia de ensueño, una casa romántica.

Me podía imaginar la boda de Bianca en esa bella casona. Ella de blanco, preciosa, majestuosa, un paisaje sacado de un cuento de hadas, lleno de fantasía y ensueño, casi irreal, con la diferencia que la boda de Bianca seria real.

Es que la ciudad de Recco, es muy pintoresca, muy linda, muy romántica, se prestaba para el amor. "¡¿Quién pudiera enamorarse en Recco?!" ¡Haber cuando me tocara a mi! No me hagan caso, solo lo decía porque el ambiente a boda contagiaba, nada más, mi época de amar a un hombre ya había pasado, ese tema estaba enterrado.

¿Vivirá Bianca en la casona? Me preguntaba. No lo creía. Ella querrá ser la señora de su casa, además el casado casa quiere. Pienso que ella escogerá su propio nidito de amor, siempre fue muy independiente de soltera, con mucho más razón lo seria de casada. Por mucho que la casona sea grande, le sobren los cuartos y tenga muchas comodidades, Bianca querrá su propia casa, eso lo podía asegurar. Bianca cuidará de su amorcito en privado.

Continuando con la celebración en casa de los Cabaglieri.... Casi a la media noche, Carlo y Bianca hicieron un breve paréntesis y pidieron la atención de todos los invitados, Carlo hizo un brindis por su novia, le entregó un anillo y le pidió matrimonio allí mismo.

Aunque Bianca y yo sabíamos de antemano que habría un brindis por los novios, no dejo de ser emotivo, fue maravilloso ver y escuchar como Carlo le proponía matrimonio a mi querida Bianca, con que amor y devoción lo hacia, ¡amor había y a montones!

Bianca quedó muy sorprendida y emocionada cuando Carlo le pidió matrimonio, sus ojos brillaban como dos luceros, todos sus sentimientos salieron a flote de una manera que solo viéndola lo podía entender, ella se emocionó hasta las lagrimas, Carlo fue tan galante que inmediatamente sacó un pañuelo blanco de seda para secar las lagrimas de su adorada, novia y princesa.

¡El anillo fue divino! "Una joya para otra joya." Fue lo que le dijo Carlo a Bianca entregándole y poniéndole el anillo a su novia, en ese momento se me cayeron unas lagrimas, de puro sentimiento, de ver que ya casi se hacia realidad el sueño de Bianca y el mio también. Bianca se lo tenia bien merecido.

Los novios recibieron muchas felicitaciones, comenzando por los familiares mas cercanos de la pareja, había gente importante, amigos muy queridos, todos celebraban aquel compromiso de amor por todo lo alto, una noche maravillosa.

Yo hice un brindis por ellos, pero el mio fue muy especial, en silencio. Yo brindé en nombre de sus padres, sabía que ellos estaban observándolo todo, nunca han dejado de hacerlo y ahora más que nunca, se casaba su hija querida, Bianca, "mi tesoro," así la llamaban, ella siempre fue un tesoro muy bien cuidado. Me imaginaba que sus padres estarían felices de ver a su adorada hija enamorada.

La recepción en general estuvo muy linda, alegre y emotiva, los novios estaban felices de ver que pronto se unirían para amarse y dedicarse el uno al otro por siempre.

Las mesas estaban divinamente decoradas, con flores de bellos colores y con aromas de ensueño, la decoración de la casona estuvo de primera, no todos los días, "¡un Cabaglieri pedía en matrimonio a una bellísima princesa!" Todos estábamos felices con el noviazgo de Carlo y Bianca. Hacían una linda pareja.

Acabada toda la celebración, nos disponíamos a retirarnos en el mismo automóvil que nos trajo a la casona. Pero inmediatamente, Mario, el padre de Carlo, se acercó y me dijo que deseaba decirme una palabras, pidiéndomelo como un favor muy especial. Yo, por supuesto no podía negarme y encantada acepté el dialogo, con un caballero así tan formal y educado no había forma de negarme.

Nos sentamos en uno de los salones de su bellísima casona. Por un segundo pensé, *"Qué querrá decirme este caballero tan guapo y elegante"* Por más que trataba de reconocerlo, no podía ubicarlo del todo, los habitantes de la ciudad de Recco, de alguna u otra forma, por lo menos se han visto alguna vez en el transcurso de sus vidas.

Por momentos se parecía a alguien que yo había conocido en el pasado, pero mirándolo bien no era. En realidad habían tantas personas parecidas, unas a otras en la ciudad de Recco, que imposible tampoco podía ser. Una confusión la tiene cualquiera.

Yo acepte escucharlo por educación, no quería ser imprudente, Mario comenzó a contar su historia de la siguiente forma;

"Hacé muchos años atrás quedé locamente enamorado de una mujer hermosa de piel muy blanca y tersa, ojos color mar, entre verdes y azules, una cabellera dosil de color caramelo, cuerpo esbelto, buen porte y clase, una verdadera diosa.

"Estoy casi seguro, que la memoria no me ha fallado y el sentimiento que llevo en el corazón tampoco, que esa diosa de mujer eres tú, María Sofia, como olvidar tu nombre, se quedó grabado en un rinconcito de mi corazón."

Yo quedé literalmente paralizada de la cabeza a los pies. ¡El atento caballero se había vuelto loco, tenia unos tragos de más o yo estaba, en otra dimensión! Había escuchado tantas maravillas sobre mi y todas de golpe que no pude salir de mi asombro por un buen rato. "¡Indudablemente, Mario Cabaglieri, acaba de perder la razón!" Fue lo único que pude pensar, en esos momentos. Al parecer todavía él no estaba del todo bien, como decía Bianca, necesitaba su medicación o algo que lo ayude a reconocer mejor a las personas.

En ese momento recordé que sólo me había enamorado tres veces, pero nunca de ese caballero tan guapo, ya me hubiera gustado tenerlo de enamorado mio, ¡ nunca lo hubiera soltado!

¡A no ser que yo estuviera perdiendo la razón, también! ¡Ya seriamos dos desmemoriados! No tenia otra explicación para esa historia, tan peculiar y romántica que el padre de Carlo contaba.

Le dije a Mario, con mucha prudencia que se había equivocado totalmente de mujer y que me complacía mucho su equivocación por confundirme con una mujer como la que él acababa de describir o sea una "¡bella donna!" Mario, tampoco parecía un viejo desmemoriado, que no recordara nada, por el contrario, se le veía muy despierto, con una lucidez de asombro. "¿Qué estaba pasando?"

Mientras yo hilaba o trataba de armar ese rompecabezas que el galante caballero había creado, Mario, continuó diciéndome:

"¡Tú, no digas nada, María Sofía, que yo te lo diré todo!"

¡Pero de que todo estaba hablando aquel hombre! No cabía la menor duda, Mario, había consumido alcohol y sabría Dios que más! *¡Tranquila, María Sofía, no te sofoques, ya eso paso, sigue contando tu historia!*

No me quedó otra cosa que continuar escuchando su relato, ademas toda esa historia comenzaba a ponerse muy interesante. Muy seguro de si mismo, continuo con su relato. Yo escuchaba con mucha atención, no parpadeé ni por un minuto. No podía creer lo que él contaba, al parecer me conocía a la perfección, incluso describió un lunar que yo tenia en la espalda, pequeño, pero lunar al fin. Sólo lo habían visto mis tres amores ¡¿Quería decir que Mario había sido mi amante?! Y yo ni enterada, o ¿ no quería darme por aludida?

¡No lo voy a negar! Sí, he tenido tres amores en mi vida, los he amado a todos aunque por allí hubo alguien muy importante que dejó huella en mi, por el cual yo perdí la cabeza. ¡Bueno no solo la cabeza, otras cosas también! *"¡ María Sofía, ponte seria, mujer!"*

Pero hace tantos años de eso que, si no hubiera sido por Mario que comenzó a contar tantas cosas, no lo hubiera recordado nunca. Aunque es muy cierta la frase que dice : "No hay peor ciego que el que no quiere ver." Como también; "No hay peor sordo que el que no quiere oír." Bueno, yo habría entrado en esa categoría, así que no me quedo otra cosa que seguir escuchando a Mario.

Él continuo con su relato. No me dejaba de sorprender. Lo escuchaba con mucha atención, era mas, ya comenzaba a interesarme su historia de amor, ¡porque era de amor, indudablemente! Al parecer su vida era un libro abierto y contada al detalle. Comencé a preguntarme, "¿Porqué yo estaba en aquel libro que parecía ser bastante amplio y muy interesante también?"

Seguí escuchándolo con bastante atención y cuidado, no quería perder el hilo de la historia, poco a poco yo comenzaba a cambiar de actitud y hasta de forma de pensar, sus relatos se hacían más profundos e interesantes, sin percatarme, que iba entrando en aquella fantástica historia de amor.

¡De pronto! Ya no era la misma mujer, la cual Mario había invitado a charlar, me iba transformando, entrando así a recorrer los mismos caminos por los cuales él me estaba muy sutilmente llevando, donde sin darme cuenta comenzaba a entrar en la historia de amor de Mario Cabaglieri, exactamente, donde él quería que yo, llegase.

Seguí escuchándolo hasta que llegue a un punto y le dije, "¡Mario no sigas, no sigas por favor, o soy capaz de salir corriendo de tu casa y nunca más volver!" Inmediatamente, Mario se dió cuenta que yo hablaba en serio y que lo haría tal cual. Y me dijo:

"No seguiré relatando más esta linda historia, con la única condición que seas franca y me digas que tú eres la misma chica que yo conocí hace mucho tiempo, la chica del vestido azul, aquel verano en la playa del Morro, donde me enamore perdidamente de ti!"

¡No pude más y no me quedó otra cosa que aceptar que yo era esa misma mujer del vestido azul! ¿Pero, cómo él pudo reconocerme después de tantos años? ¿Y yo no pude reconocerlo a él? Aunque a decir verdad, la primera vez que lo vi me pareció algo familiar, pero no le preste ninguna atención, habían pasado muchos años desde que Mario y yo nos despedimos.

¡Nunca en mi vida me iba a imaginar volverlo a encontrar y mucho menos frente a mi y en la misma casa del novio de Bianca, donde se estaba celebrando el compromiso de su hijo y mi sobrina, no podía creer lo que me estaba sucediendo!

Mario lo había logrado. Había conseguido que yo acepte que lo conocí hace mucho tiempo y que fuimos amigos, enamorados y amantes. Fue el amor de mi vida, sí que lo fue. Yo sí, conocí a un hombre en la playa del Morro, nos enamoramos como locos, fue uno de mis amores de juventud, pero ya hace muchas lunas de eso.

Ahora comprendo mucho mejor lo que sentí cuando me presentaron a Mario. Me pareció que lo conocía de algún lugar, fue un pensamiento fugaz y no le quise dar importancia.

Él había conseguido que yo recuerde casi todo lo que había pasado entre nosotros. ¡Yo estaba totalmente en shock! Aturdida, confundida, fue allí donde empecé a recordarlo todo, como si fuera una película. En ese momento le dije;

"Mario, tienes que explicarme que haces aquí en está ciudad, donde yo he vivido tantos años, con mi sobrina Bianca, la novia de tu hijo, soy viuda y trabajo en la importadora de los Rossi. Necesito saber si tu ya sabias de mi existencia."

Mario alzo la vista y me miro fijamente diciéndome;

"Cuando yo me mude con mi familia no sabia de tu existencia, María Sofia, fue después de varios años que me di cuenta que vivías aquí, te contare como paso todo, lo recuerdo perfectamente."

Había llegado la hora de hablar y tenia que ser franca y honesta, conmigo misma, por mucho tiempo trate de olvidarlo, por esa razón, cuando lo vi por primera vez, mi mente no quiso recordarlo, pero a medida que Mario iba contando su historia, mi corazón comenzó a sentir, y cuando el corazón habla no se le puede callar. En un principio no quise aceptar quién era él, porque no quise revivir aquellos momentos de amor y pasión que nos tuvimos. Estuve negada al amor por mucho tiempo. Pero ya no podía engañar a mis sentimientos, la verdad tenia que salir.

Mario comenzó con su historia, la cual fue simple pero concisa. ¡No podía creer, que estuviera allí mismo conmigo! ¡Fue mi gran amor y amante de toda mi vida! Mario continuaba, de esta manera:

"Me casé con una gran mujer, tuvimos tres hijos, siempre fuimos una familia unida gracias a mi esposa que siempre estuvo allí para nosotros. Teníamos nuestros problemas como toda pareja pero nada extraordinario que no se pueda superar. Desde que nos casamos vivimos en esta ciudad, porque a Bettina, así se llamaba mi esposa, le encantaba el norte y nos quedamos en Recco.

"Yo no sabia de tú existencia en está ciudad, María Sofia, hasta que un buen día Carlo, mi hijo, me hablo de una compañía de importaciones con la cual podíamos hacer algunos negocios y así descubrí que tu vivías aquí.

"Pero al saber que esa hermosa chica del vestido azul estaba cerca, no hizo que mi matrimonio fallara, yo estaba muy enamorado de Bettina, te estoy siendo bien honesto, como también quiero que sepas que te quedaste en mi corazón, en un lugar muy especial sin saber que algún día, estaríamos otra vez tan cerca.

"Bettina y yo estuvimos casados por treinta años y muy felices hasta que un cáncer se llevó a mi adorada esposa, hasta hoy en día la extraño, hace cinco años que sucedió está fatalidad. Te estoy hablando con el corazón en la mano.

"Pero ahora ya estoy mejor, he comprendido que la muerte no es mala, el descanso eterno fue lo mejor para ella. Tras una enfermedad con dolores físicos terribles, descansar fue lo mejor para mi adorada esposa, pero espiritualmente sigue con nosotros, se quedó conmigo y mi familia."

Yo, escuchaba a Mario con mucha atención y no podía creer, que estuviéramos conversando como grandes amigos, me apenó mucho lo de su esposa. Mario, fue muy franco conmigo, eso me gustó, ademas no escondía sus sentimientos, al contrario los demostraba todos y cada uno de ellos, tanto así, que bien podía llorar, como reír, era un hombre sensible.

Lo que más me sorprendió fue que me recordara con tanto cariño y amor. Si hubiera tenido que ponerle nombre a esa escena de amor solo la hubiera llamado "un encuentro casual."

Fue una noche inolvidable, ¡jamas la podría olvidar! Un amor limpio, puro, que nunca hizo daño a nadie, como lo dijo Mario, valía la pena luchar y Mario estaba dando el primer paso.

Comencé hacerle muchas preguntas a Mario, quería saber más, saberlo todo. Yo estaba totalmente fuera de mi, parecía que me había trasladado a otra dimensión, no podía creelo, lo había amado tanto, que ¡¿cómo pude creer que lo olvidaría tan fácilmente?! ¡Qué ingenua que fui! Olvidar sus besos, sus caricias, sus palabras de amor, nunca lo hubiera conseguido del todo, en ese momento me daba cuenta que quise tapar el sol con un dedo.

Mario, siempre fue un romántico, enamorado del amor y yo una mujer ardiente, pasional, que cuando amaba, amaba con mucha fuerza, la combinación perfecta.

En ese momento, mientras Mario y yo conversábamos, se acerco Bianca y se quedó algo sorprendida al vernos tan amigos y confidentes, no sé que pensaría ella, pero tampoco lo quería adivinar.

Había llegado la hora de partir a casa y dejar la fiesta, agradecimos todas las atenciones de la familia Cabaglieri, una familia encantadora, sobre todo cariñosa, se podía respirar amor, en cualquier parte de la casona.

De regreso a casa, iba pensativa y Bianca hablaba sin parar de su futura boda. ¡Ella estaba feliz, y yo más feliz por ella! Pero también por mi, Mario me había dejado así, soñando con el amor que nos tuvimos hace mucho tiempo atrás en esa preciosa playa del morro, como olvidarlo, imposible.

"¡Que linda estuvo la celebración! Y lo bien que lo hemos pasado, estoy feliz de ser la novia oficial de Carlo. La familia, estuvo muy atenta con nosotros, nos atendieron como si fuéramos unas reinas. ¡ ¿María Sofia, me estas escuchando?! Me dijo Bianca.

"¡Claro que si querida, te estoy escuchando al pie de la letra!"

Yo estaba en otro lugar muy lejano que se llamaba Mario Cabaglieri, pero "¿quién iba a imaginar todo lo que me estaba ocurriendo?" Lo único que yo sabia, era que Bianca se casaba pronto.

"¿Por qué yo estaba tan confundida? ¿Se había despertado otra vez en mi, el amor por un hombre o nunca se fue del todo?" No había duda alguna, Mario seguía en mi corazón y yo en el de él. La vida nos había sorprendido a ambos, reencontrándonos, cara a cara.

Llegamos a casa. La verdad, yo estaba tan cansada, que lo único que deseaba era acostarme en la cama y quedarme dormida, felizmente Bianca, no se había dado cuenta de nada de lo que había pasado entre Mario y yo, me refiero a la larga conversación que tuvimos esa noche, en la casona.

Me fui a dormir, con la idea que todo eso que me había sucedido horas atrás, fuera sólo un sueño y que pronto despertaría de él y que mi vida sería la misma vida, que siempre había llevado al lado de Bianca, con trabajo, amigos, cenas, viajes, pero nada de amor, para mi, ya no había lugar para el amor, así pensaba yo antes de la conversación con Mario, pero desde esa noche mi vida cambio.

A la mañana siguiente, desperté y muy tarde, pues inconscientemente no quería despertar a la realidad, quería seguir soñando, ¡porque no sabía ni tenía la menor idea de como afrontar esa realidad! Qué por una parte, era ¡increíblemente hermosa! Y por otra, con un poco de temor, pues ya habían pasado muchos años que mi corazón no amaba a un hombre, es decir, era como un reto para mi y mis sentimientos.

Me preguntaba, ¿volvería a entregar mi corazón y amar a Mario otra vez más? ¡Cualquier mujer lo amaría al instante! ¿Porqué yo lo pensaba tanto si ya lo conocía? Muchas incógnitas de golpe. Muchos miedos también, pero todavía mi corazón palpitaba de amor por él.

Lo había amado mucho, nuestras noches de amor fueron completamente pasionales, recuerdo que él me traía dos rosas rojas frescas para simbolizar el amor o la noche de placer que nos esperaba. Y fresas frescas, recién cortadas del huerto. Mario ponía una fresa en mi boca y yo ponía otra en la suya. Sentir el aroma de las fresas, darle un mordisco y el jugo cayendo por nuestros labios, hasta acabarla, ¡era un placer delicioso! Ese era nuestro sello, lo hacíamos después de amarnos con una pasión que sólo nosotros la podíamos sentir, por el amor tan grande que nos teníamos, eramos dos románticos locos de amor. No podía faltar el vino, la botella de vino que poníamos a helar, lo más agradable y placentero, beber una copa de vino después de hacer el amor, ¡era fascinante! Nosotros los italianos somos muy románticos. ¡Y amamos hasta el ultimo suspiro de nuestras vidas y si es con vino, mucho mejor!

Ustedes se preguntaran, ¿porqué se acabo todo si se amaban tanto? Todo se acabo porque Mario se fue a trabajar a otra ciudad y desde allí nos perdimos para siempre hasta el día que nos reencontramos, en su propia casa.

Decidí contarle a Bianca todo lo que me había pasado en la noche anterior en casa de su futuro suegro. No me gustaría que hubieran malos entendidos entre nosotras. Me tocaba a mi tener una conversación con ella. ¿Cómo lo tomaría Bianca? La gran pregunta.

En la tarde, salí a caminar para poner mis ideas en orden. Me estaba comenzando a aparecer a Bianca cuando decía que salia a caminar de noche para poner sus ideas en orden, ¿lo recuerdan?

Bueno, ¡al parecer sus ideas terminaron en matrimonio! No creía que eso sucedería conmigo y Mario. No lo creía. Ya era mucho pedir y no estaba segura en que acabaría todo lo que nos estaba pasando tampoco me haría ninguna ilusión, ya no tenia los veintes de antes.

Necesitaba ser honesta conmigo misma, primero, saber si realmente quería volver a reiniciar un enamoramiento con Mario. Por la conversación que habíamos tenido en su casa, pude ver claramente que seguía siendo el mismo hombre, del que hace mucho tiempo atrás, me había enamorado como una loca, amándolo con todo mi corazón. Eramos la pareja perfecta, llegando a pensar que algún día nos juntaríamos para siempre, sin presagiar que el destino tenia otros planes para nosotros.

Desbordábamos pasión y amor por los poros de nuestros cuerpos. Desde que nos conocimos hubo una gran atracción, mucha química, nos acomodamos uno al otro, encajábamos de lo mejor, nos gustaba las mismas cosas, había una muy buena compatibilidad, que lo único que teníamos que hacer era "enamorarnos."

No necesitábamos ni hablar para entendernos. El amor mudo, era la mejor forma de comunicación que teníamos, porque nos daba la oportunidad de hablar con nuestros propios cuerpos, los cuales en algún momento de nuestras vidas se unieron gozando del placer, la pasión y del amor tan grande que sentíamos. ¿Si fuimos una pareja muy feliz, porque no lo podríamos volver a ser? Me preguntaba.

El destino se había encargado de juntarnos esa noche en casa de Mario, nuestros caminos se volvían a cruzar por amor, dándonos una segunda oportunidad de ser felices juntos, otra vez más. No quería ilusionarme del todo, aunque ganas no me faltaban.

El amor nos había buscado y nos había encontrado por segunda vez, el amor había vuelto o mejor dicho nunca se fue del todo. Tal vez durmió para dar paso a otras relaciones, experiencias, aprendizajes, en fin cosas de la vida. Y volvía nuevamente a reencontrarse con nosotros, los protagonistas, de esa maravillosa historia de amor llamada, Mario y Sofia. "El amor, un sentimiento grande, puro, divino, el cual debe vivir por siempre en nuestros corazones" no hay nada que hacer, esta historia de amor mi inspira.

Continuando con mi relato, recuerdan cuando salí a caminar, para poner mis ideas en orden.......

Había un parque hermoso cerca a casa, al cual me gustaba ir cuando estaba confundida, me ayudaba a pensar y tomar decisiones, me relajaba, me invitaba a la meditación, el colorido de sus flores me daba una sensación de alegría y positivismo, precisamente era lo que yo estaba necesitando en esos momentos de confusión.

Casi siempre, cuando lo visitaba, era para ordenar mis ideas. Y como me funcionaba, ¡de maravilla! De solo oler la hierva fresca y sentir la brisa en mi cara, todos mis problemas se esfumaban, dándome tranquilidad y mucha paz.

Muchas veces eran preocupaciones por Bianca, pero esa vez, me había tocado ser la protagonista de mi propia historia, necesitaba resolver mis conflictos, había llegado la hora de pensar en mi.

Así que me dispuse a sentarme en una de las bancas de madera que tenia el parque, a disfrutar de la brisa deliciosa que corría, no habían pasado ni cinco minutos y se sentó al lado mio un buen samaritano, también a disfrutar de la bella naturaleza.

De inmediato entablamos una pequeña conversación acerca del tiempo, era un bonito día. El buen samaritano me dijo que era sacerdote, pero estaba vestido de civil, o sea sin habito. ¡Era justo lo que estaba necesitando! Una persona espiritual para que pudiese guiarme en esos momentos de confusión del corazón. No había nada que hacer, la suerte estaba de mi lado, ¡ese era mi día!

Aproveché esa oportunidad que me ofrecía la vida e inmediatamente le conté lo que me estaba pasando y me dijo que lo único que tenia que hacer era coger "al toro por los cuernos."

Yo no sabia si reírme o llorar. Que buen sentido del humor.

"¿A qué se refiere padre?" Le pregunte con mucho respeto.

"A qué va ser, hija mía, se ve que todavía hay amor entre ustedes dos, a pesar del tiempo que ha transcurrido y las circunstancias en las que han vivido, hay amor de verdad.

"Ademas, por lo que me has contado, puedo ver que él es un buen hombre, tenerte en un rinconcito de su corazón por tanto tiempo, estar casado amando a su esposa y siendo totalmente fiel, sin ningún tipo de tentación, es un caballero a carta cabal.

"Ya, ustedes son mayores y lo único que tienen que hacer es seguir a su corazón y disfrutar de la vida, que Dios nos la ha dado con tanto amor, para que seamos felices y disfrutemos de los lindos momentos, hija mía, no dejes pasar esta oportunidad de amor."

Esa frase me llegó directo al corazón, sentí un alivio como si un peso se me fuera, sentí que debía volver amar, que la vida me estaba dando otra oportunidad y no la debía dejar pasar.

El sacerdote me había ayudado muchísimo. Retome fuerzas y me dirigí a hablar con Bianca de una vez por todas. "¡Ha coger al toro por los cuernos!" Había que seguir los consejos del padre al pie de la letra ¡ y lo que sabia de problemas de amor de pareja!

Regresé a casa, muy animada, preparé un café delicioso y unos pastelitos, Bianca, vendría en cualquier momento. ¡Dicho y hecho! Ella llegaba muy oronda con más bolsas de compras, ella no tenía cuando parar y menos en esos días, donde su boda se acercaba, ¡más y más! En ese momento antes qué ella saliera otra vez, le dije que necesitaba hablarle de algo urgente;

"María Bianca, quiero hablar contigo y es personal." Recuerdo que los ojos de Bianca se agrandaron, como dos limones cuando escuchó que la llamé por su nombre completo inmediatamente se sobre paro y dejó todo en el piso y corrió a sentarse al lado mio, porque sabía que lo que tenía que decirle era muy importante.

Se podía imaginar que era algo serio, teníamos la costumbre de cuando nos llamábamos por nuestros nombres completos, la conversación era muy importante, dejábamos todo lo que estuviéramos haciendo en ese momento para escucharnos con atención, nos funcionaba perfectamente.

Así mismo fue, comencé mi relato sin parar hasta el final, cada vez que ella me quería interrumpir, yo seguía, no la dejaba ni pestañear, como se dice. Tenia que soltarlo todo y de golpe.

Sentí alivio pero también un poco de ansias por saber la reacción de Bianca. No quise parar de hablar, ni por un segundo. Cómo habría hablado de rápido y a que velocidad, que tuve que ir por un vaso de agua porque ya estaba quedándome sin saliva en la garganta. ¡Por fin estaba dicho!

Yo esperaba una reacción totalmente sorprendente y cuestionada de parte de Bianca. ¡Pero no fue así! Todo lo contrario me entendió a la perfección, tanto así, que no me hizo ninguna pregunta sólo atinó a decirme:

"¡Qué bueno tía, nos caseremos juntas!"

¿Qué le estaba sucediendo? ¡Yo había escuchado mal o Bianca, había perdido la razón! ¡Pues ni una ni otra! Ella me había comprendio a la perfección, yo me sentí más que complacida con la charla. Bianca me miro a los ojos y me dijo lo siguiente:

"No te preocupes por nada tía, yo entiendo todo lo que me has contado, el amor es así, algunas veces se pierde y otras veces se encuentra en cualquier lugar y ¡tú lo has vuelto a encontrar! ¿Porqué perder está oportunidad que te da la vida? Agarrala con todo tú corazón y sigue tus sentimientos, si te hace feliz volver a encontrar a Mario, en buena hora. La historia de amor que me has contado es maravillosa, después de tantos años, reencontrarse con un viejo amor es algo único y muy romántico, que no pasa, cada cinco minutos.

"Ademas, hay otra cosa muy importante, Mario nunca traicionó a su esposa, fue y es un hombre de buenos sentimientos, fiel a su familia. Estoy segura que cuando lo sepa Carlo, se pondrá muy contento por los dos. Él adora a su padre y quiere su felicidad.

"Yo quiero desearte lo mejor del mundo, tú sabes que te adoro, tu eres mi madre de corazón, hemos compartido muchas penas y alegrías. Nos vamos a extrañar. ¡Y mucho! Pero eso no quiere decir que no nos veremos más, nada de eso, nuestro cariño es demasiado grande y nada ni nadie nos separara nunca. Que nos casemos no quiere decir que nos olvidemos una de la otra. ¡No! Nos casamos para ser felices, ¡y con hombres maravillosos! Al final, yo seré tu nuera porque me casare con el hijo de tu esposo, lo que la vida nos tenia preparado, lo ves, ¡no hay forma de separarnos! Todavía, no sé, dónde iremos a vivir Carlo y yo pero cuando te cases con Mario, podríamos vivir en el mismo barrio, ¡ seriá estupendo!"

"Tía adorada tu seras mi angelito de la guarda y yo seré el tuyo. ¡Unidas para siempre por el pensamiento y el corazón!"

Con esas hermosas palabras salidas directamente del corazón de Bianca, comprendí que la quería con toda mi alma, ella había sellado esa conversación con mucha comprensión y amor hacia mi.

Después de hablar con Bianca, todo había quedado aclarado, la charla había sido todo un éxito! Inmediatamente nos dispusimos a tomar el café, que dicho sea de paso se había enfriado.

¿Cómo reaccionara Mario cuando le cuente que Bianca ya esta enterada de todo nuestro pasado? Tenia que decírselo pronto. Llame a Mario inmediatamente por teléfono y le pregunté si le gustaría ir a tomar un cóctel en la noche. Mario me contestó que si le gustaría y encantado de la vida me acompañaría, quedamos en encontrarnos en el bar del barrio a las nueve de la noche, por un momento recordé cuando nos citábamos en el bar de la esquina del viejo barrio.

Yo tenia que arreglar todo ese problemita de amor en un día, no podía perder más tiempo. Tampoco era una quinceañera donde tenia todo el tiempo del mundo ¡había que agarrar la felicidad con uñas y dientes! No podía perder esa oportunidad de volver a amar.

Salí de casa a prisa, quería dejar ese asunto arreglado y aclarado. Todavía no le había dicho a Mario que lo seguía amando con toda mi alma. A pesar del tiempo que había pasado, mi corazón todavía saltaba de alegría y emoción de solo pensar que se lo diría pronto. ¡Era todo muy simple! "¡Te amo!" Dos palabras que darían comienzo al romance mejor guardado de mi vida. Sin duda alguna, la conversación con el sacerdote y mi querida sobrina me habían ayudado a dar ese paso, tan importante en nuestras vidas.

En mi cabeza seguían rondando preguntas, todas sin respuestas, como siempre. Lo bueno, era que ya comenzaba a ver la luz al final del túnel, una luz clara como nuestro amor y dos corazones entrelazados, el de Mario y el mio, para siempre.

Me había puesto un vestido color azul, el mismo color del vestido con el cual nos conocimos en la playa de Morro por primera vez. No había duda, ¡quería impresionarlo!

Estaba segura que con sólo verlo, él se daría cuenta para que lo había citado con tanta prisa. Tenia hasta mariposas en el estomago. Solo de pensar que nuestras vidas estarían por cambiar para siempre.

¡Seguía enamorada de él! Para el amor, no hay tiempo ni edad, de eso no había duda alguna. Siempre lo amé, como lo dije antes, ¡fue mi gran amor!. *"¡María Sofia, por supuesto que siempre estuviste enamorada de él, fue tu gran amor y lo seguirá siendo!"*

La vida me estaba dando otra oportunidad de ser feliz, con el hombre que años atrás me había demostrado que sentía amor por mi, un amor intenso y fuerte. Fue un amor de juventud, tampoco eramos adolescentes, sabíamos lo que queríamos. Con el tiempo se fue convirtiendo en un amor más intenso, lo podía sentir en mi piel.

Mario, había salido inmediatamente de su casa, para encontrarse conmigo, estaba esperando por mi en el bar del barrio, me vio llegar y se acercó rápidamente, siempre tan atento, bien educado y bien vestido. Llevaba un saco azul y pantalones de color beige oscuro, zapatos impecables y con una fragancia deliciosa muy varonil, cualquier mujer no lo pensaría dos veces y se enamoraría de él al instante ¡Todo un caballero elegante! Me invitó a sentarme, pidió unos aperitivos algo de comer muy ligero y me dijo;

"¿Qué pasa, María Sofia, porqué me llamaste con tanta prisa?"

"Lo que sucede mi querido Mario, es que acabo de tener una charla con mi sobrina Bianca, he abierto mi corazón y le he contado todo nuestro pasado, nuestro romance, lo mucho que nos hemos amado, que tu también te quedaste en un rinconcito de mi corazón y que ahora que te vuelvo a encontrar, mi corazón nuevamente palpita de amor por ti, el destino nos separo, pero el amor que yo siempre sentí por ti se quedó guardado en un baúl bajo siete llaves.

"Le dije a Bianca también, que era el momento de abrirlo y que nuestro amor saliera a la luz. Ella, me ha comprendido a la perfección, ahora estoy más tranquila porque Bianca me ha dado su apoyo incondicional, era lo que estaba necesitando para poner en orden mis pensamientos pero sobre todo mis sentimientos por ti."

Mario me miraba y escuchaba con mucha atención, especialmente cuando hable del amor que le había tenido años atrás, fue en ese momento cuando él me interrumpió y se acercó a mi dándome un beso, pude sentir que el corazón de Mario, ¡todavía palpitaba de amor por mi! "¡Entonces si era verdad que yo quedé en su corazón desde esa noche en la playa del Morro!"

Cuando de pronto Mario me dijo;

"¡No digas nada más, no dejemos escapar está oportunidad que nos da la vida otra vez, de sacar a flote este amor que alguna vez se quedó guardado en nuestros corazones, y que nunca perjudicó a nadie. "¡Este es el momento de nosotros!" Y así con esas palabras maravillosas nos dimos el beso apasionado que un día, quedo pendiente en aquella playa de cielo estrellado e iluminado por la luna.

¡Decidimos casarnos! No perderíamos mas el tiempo. Hablé con mi sobrina y me dio la magnifica idea de casarnos ¡por partida doble! Me encantó la idea. ¡Un matrimonio doble! ¡Sobrina y tía a la misma vez! Casualidad o causalidad. Algo para pensarlo.

Muchos planes para nuestra boda doble. ¡Algo imperdible! Ideas iban y venían, la felicidad que sentíamos era tan grande que lo único que hice fue darle gracias a Dios por toda la dicha recibida.

Bianca y yo nos casaríamos pronto, por lo tanto, la visita a las tiendas se hacían constantes, nos habíamos propuesto tener, ¡la mejor boda de todos los tiempos! ¡Nunca vista en nuestro querido Recco! La vida me estaba dando la oportunidad de vivir otra primavera más, con un amor que durmió muchos inviernos y que despertaba otra vez y con más fuerza, el cual culminaría con una boda maravillosa.

Para finales del mes de Mayo, el mes de las flores y de la primavera, ¡llegaría con un brindis de amor a la italiana! Es cuando celebraríamos nuestros matrimonios. La ceremonia se realizaría en la casona. !¿Dónde más podría ser?! Era el lugar perfecto para un acontecimiento de esa envergadura, no podía ser de otra manera.

Mario me propuso pasar nuestra luna de miel en una isla paradisíaca, acepté encantada de la vida, nunca había estado en una isla, me pareció romántico poder disfrutar del amor en un lugar así rodeados de mar y naturaleza, comiendo frutas frescas y amándonos todo el día, realmente de ensueño.

Así que decidimos ir a la "Isla del amor." Amor, habría y a cantidades. Pensé contárselo a Bianca porque tal vez a ellos les hubiera gustado la idea de pasar su luna de miel en una isla, podrían venir con nosotros, ¡seria genial!

Ya casi teníamos todo preparado para la gran boda. Bianca y yo visitábamos con frecuencia la casa de los Cabaglieri para que todo quede perfectamente listo para el gran día. Mario y Carlo estaban super felices con la boda doble. El personal que trabajaba en la casa de los Cabaglieri nos ayudaron en todo, es decir, dejaron la casa como nueva, todo brillaba, por donde se le mirara, estaba reluciente, bella, los jardines hermosos, me daba la idea que la casa tenia vida y sabia lo que se estaba por celebrar muy pronto y se preparaba para recibir tan grande acontecimiento.

¡Llegó el día! ¡Bendito Dios! Sí que estábamos las dos nerviosas. ¡Era un día maravilloso! Parecía que todos los astros se habían puesto de acuerdo para regalarnos a Bianca y a mi el día más lindo del mes.

Salió el sol muy temprano, dándonos los buenos días, iluminaria el día y nuestras vidas, la brisa que corría era deliciosa, la podíamos sentir perfectamente, era fresca y aromática, traía aroma a flores recién cortadas. Nosotras habíamos casi llenado nuestra casa de flores blancas aromáticas queríamos estar relajadas y nos pareció muy buena idea comprar flores frescas el día de nuestra boda.

No cayó ni una gota de lluvia por suerte. Eso, quería decir que no nos mojaríamos ni un centímetro nuestros bellos vestidos. Todo parecía un paisaje pintado con amor, por un pintor de mano fina. ¡Como adivinando que ese día seria muy especial!

Le agradecí a Dios por todo lo que nos estaba pasando a Bianca y a mi, parecía irreal, hasta tuve miedo de irme a dormir la noche anterior a nuestra boda, pensando que al levantarme muy temprano, todo había sido un sueño nada más.

Pero no fue así, recibí muy temprano la primera llamada por teléfono, sólo podía ser él, ¡mi amor! Comprendí que todos esos años lo había amado en silencio. Me había negado al amor, ¡pero que equivocada había estado!

La verdad, yo nunca quise pensar en él, porque sabia que podría ser inalcanzable y al parecer lo había sido sin yo saberlo, Mario se había casado con Bettina, jamas me hubiera atrevido a separar un matrimonio tan unido como el de Mario y su esposa. Por esa razón yo puse un candado en mi corazón y lo cerré para siempre.

Qué engañada estuve, fue tanta las ganas de olvidarlo que lo estaba consiguiendo. Pero el destino me tenia preparado una gran sorpresa, ¡el amor de vuelta!

Escuché por la linea, su voz varonil, inconfundible;

" ¡ Amor! ¿Cómo estas?" Pregunto Mario.

" ¡Emocionada!" Le conteste. "¿Y tú ?"

"¡Yo también, querida Sofia!" "Te llamo sólo para escuchar tú voz y darme cuenta que todo esto no es un sueño, sino una realidad y de las mas hermosas de toda mi vida."

"Y si fuera un sueño" le contestaba a Mario con mucha emoción, "seria un sueño de amor, te estaré esperando en el altar, vestida de novia, radiante y enamorada mas que nunca, te daré mi mano y mi corazón, yo recibiré el tuyo, desde ese momento empezara una nueva vida para los dos, amándonos hasta la eternidad!"

"Te espero en el altar, querida Sofia."

Mario colgaba el teléfono, con la seguridad que nos encontraríamos en el altar para sellar para siempre nuestra unión de amor, lo único que pude hacer fue llorar de alegría. No cabía de felicidad, mi corazón, parecía que se saldría de mi pecho, de lo agitado y feliz que estaba.

Cuando derepente escuchó un grito. ¡María Sofia, María Sofia! Era Bianca que me llamaba con ansias pues ni más ni menos, ¡habían llegado los vestidos de novia!

Las dos nos habíamos puesto de acuerdo para que los vestidos llegasen el mismo día de la boda. Nosotras mismas queríamos sorprendernos y ¡así fue! Los vestidos eran preciosos, maravillosos, la boda doble seria todo un éxito, no era por alabarnos pero habíamos hecho la mejor elección, yendo al modisto correcto, nuestros vestidos eran de ensueño. ¡ No lo podíamos creer!

Inmediatamente nos los probamos y yo quedé con la boca abierta, de ver a mi sobrina vestida de novia, estaba tan linda que me puse a llorar. En ese instante, pensé en sus padres, de lo felices que hubieran estado al verla vestida de novia, radiante y feliz.

En ese preciso momento, Bianca, muy emocionada me abrazó y las dos lloramos de felicidad, no cabía en nuestros corazones tanta dicha, entre sollozos mi querida sobrina me dijo:

"Nos merecemos esto y mucho más, después de muchos años de vivir juntas, reír juntas, llorar juntas y de pasar por tantas experiencias buenas y malas, jamas se me hubiera pasado por la cabeza que nos casaríamos las dos al mismo tiempo, ha llegado el momento de separarnos tía adorada, ¡pero es por amor!"

No había vuelta que darle, "¡Bianca y yo, viviríamos felices, habíamos encontrado a los mejores hombres de Italia!" Pero, quien nos iba a decir, la sorpresita que nos tenia la vida, después de tanto tiempo sin ningún amor a la vista, seria por partida doble. Sólo me quedaba agradecerle a la vida, por tantos momentos de dicha y felicidad que estábamos recibiendo las dos.

"Nunca es tarde cuando la dicha llega" Le dije a Bianca, "¡Bueno, ya es hora de ponernos en acción y empezar con los preparativos para la boda, que no tenemos todo el día, o quieres que nuestros novios se cansen de esperarnos en el altar y nos dejen vestidas y alborotadas, date prisa, Bianca, que hay mucho que hacer, los minutos pasan y la verdad que tengo mucha ilusión de entrar a la iglesia y verte vestida de blanco en el altar, casándote con Carlo.!" Yo le hablaba a Bianca muy tranquila, pero estaba más nerviosa que ella.

Habíamos contratado a un grupo de especialista en belleza, para que nos ayuden con el maquillaje, el peinado y los vestidos, teníamos todo un grupo de profesionales a nuestra disposición, no podía ser para menos. ¡Era un día especial!

"¡El más importante de nuestras vidas!"

¡Las dos, nos habíamos parado frente al espejo y no lo podíamos creer! Teníamos los más lindos vestidos de novia de todo Italia. Los vestidos eran de color blanco, bordados con finos hilos de seda, llevaban pequeños cristales, los cuales le daban el brillo perfecto. Cada vestido era de un modelo diferente pero las telas y bordados se parecían, quisimos que tuvieran esa particularidad.

Los zapatos forrados de tela de raso, también llevaban cristales, muy pequeñitos, se veían lindisimos. Los bouquets fueron hechos de flores naturales, en realidad eran botones de rosas, en los colores, rosa y blanco, se podía oler el aroma de las flores a la distancia de lo frescas que estaban, recién cortadas de los rosales para nosotras.

Bianca llevaba el pelo suelto pero muy bien peinado, con un pequeño sombrero de color blanco, del cual se desprendía un tul que cubriría su hermosa cara, el cual seria descubierto por el novio, minutos antes de la ceremonia. Todo estaba bien organizado.

Yo llevaba el pelo recogido hacia atrás, con unas hebillas o peinetas forradas en tela del mismo color del vestido, para sujetar el cabello. Nunca pensé que me vería vestida de novia, otra vez mas.

Se iba acercando la hora de salir hacia la casona, vimos llegar a la limusina, blanca, grande, preciosa, no terminábamos de creer que era para nuestra boda. Estábamos como las chicas que cumplen quince, listas para salir al salón de baile, con nervios, ansias y muchas maripositas en el estomago.

Antes de salir de casa, las dos, Bianca y yo, nos dimos un abrazo muy fuerte y nos dijimos; "¡A ser felices!" Y rápidamente nos dirigimos hacia la limusina, caminando despacio pues no queríamos arruinar nuestro impecable vestido, subimos al lujoso carro, nos acomodamos y partimos hacia la casona, donde nos estarían esperando nuestros futuros esposos.

Ya faltaba muy poco para llegar a la villa o casona de los Cabaglieri cuando un auto a toda velocidad nos impacta de manera brutal, el chófer de la limusina no pudo reaccionar a tiempo.

El impacto fue terrible, caímos desde el puente hacia abajo, a un canal de agua quedando la limusina que nos llevaba a la felicidad, dentro de las profundidades del mismo canal. Muriendo las dos, Bianca y yo, prácticamente ahogadas, agarradas de la mano.

Debo decir que no tuvimos ningún golpe o moretón, ni desgarro de extremidades como suele pasar en ese tipo de accidentes. Nuestros cabellos permanecieron tal como los habíamos peinado, hasta el tul que cubría la carita de mi Bianca estaba igualito, los vestidos de novia, ni se movieron de nuestros cuerpos, al igual que los cristales que llevaban, tampoco ninguno se desprendió, se quedaron intactos, así como los brazaletes de brillantes que llevábamos puesto en nuestras muñecas, todo seguía brillando bajo el agua, hasta nuestros zapatos quedaron intactos, parecíamos dos muñecas de porcelana, así estábamos de lindas, era como si nos hubiéramos acomodado para dormir el sueño eterno.

Lo que debo decir también, es que no sentimos dolor ninguno, tampoco hubo sufrimiento en el momento de morir. Hasta para morir la suerte estuvo de nuestro lado, pasando al plano espiritual con mucha paz y tranquilidad.

Recuerdo muy bien minutos antes de morir, ver pasar toda nuestra vida, como una película, siendo yo la única espectadora, una película tan clara, que pude reconocer perfectamente todos y cada uno de nuestros momentos vividos.

Fue allí, que no puede contener las lagrimas al ver a Bianca de niña usar sus zapatitos de color blanco, los que tanto le gustaba ponerse cuando salíamos a una fiestecita o reunión, ¡los adoraba!

Y así fueron pasando todas las etapas de la vida, de mi querida Bianca, su niñez, su adolescencia, juventud, madurez. Todas y cada una de ellas las disfrute, al igual que Bianca.

Nos esperaban del otro lado, ya listos y preparados para darnos la bienvenida, los padres de Bianca, mis padres queridos, abuelos, abriendo sus brazos, abrazándonos muy fuertemente, sentimos mucha paz y amor. Al parecer, la familia estaba completa.

¡Se había acabado todo! No llegamos a casarnos, pero si llegamos a cumplir el deseo de vernos vestidas de novia, conocer y sentir el amor de dos maravillosos hombres. Ahora nos tocaba vivir la vida eterna, lejos y cerca de ellos, a la misma vez.

Por Bianca llegué a reencontrarme con Mario, un amor muy bien guardado por mi, por Bianca conocí otra vez la felicidad, Bianca fue mi amuleto de la buena suerte, ella fue mi compañía por tantos años, la adoré con toda mi alma.

Nuestro destino fue vivir juntas en la tierra y en el cielo. Ahora somos dos ángeles, vestidas de novia, dos ángeles que dormirán el sueño eterno del amor. Pero que llegado el momento despertaran, para seguir viviendo, porque nuestras almas nunca morirán.

Hay algo que me acabo de dar cuenta, ¿porqué Bianca y yo, llenamos nuestra casa de flores blancas, el día de nuestra boda y partida? "¿Es qué nuestras almas sabían algo más, que nosotras no sabíamos?" Casualidad o causalidad, algo para pensarlo.

"Bianca, mi pequeña, te amo, siempre te llevare en mi corazón."

****

SEGUNDA PARTE

FLORENCIA, CAPITAL DE LA TOSCANA, ITALIA

Aquí empieza la segunda parte de esta preciosa historia de amor y romance, con todas sus alegrías, tristezas, decepciones y dramas. Te envolverá, desde principio a fin, de forma intensa, fascinante, sorprendente, dándole a esta maravillosa historia, el único rumbo que todos debemos conocer y seguir, "el camino hacia el amor."

También te llevara a conocer nuevos personajes, los cuales se quedaran en vuestros corazones por mucho tiempo, disfrutando de todos y cada uno de ellos.

FLORENCIA

Florencia (Firenze en italiano) es una ciudad situada al norte de la región central de Italia, capital y ciudad más poblada de la provincia de la Toscana. Capital de Italia entre 1865 y 1871 durante la Unificación Italiana. En la edad media fue un importante centro cultural, económico y financiero. Su época de mayor esplendor fue tras la instauración del Gran Ducado de Toscana bajo el dominio de la dinastía Médici.

La ciudad de Florencia se encuentra situada en la Región de la Toscana, en el centro norte de Italia. La llanura sobre la que se encuentra la ciudad es atravesada por el río Arno.

Florencia es la ciudad donde se origino el Renacimiento y se le considera una de las cunas mundiales del arte y de la arquitectura. Florencia es una ciudad conocida a nivel mundial por su patrimonio artístico y arquitectónico

Su centro histórico fue declarado Patrimonio de la Humanidad en 1982, y en él destacan obras medievales y renacentistas como la cúpula de Santa María del Fiore, el Ponte Vecchio, la Basílica de Santa Croce, el Palazzo Vecchio y museos como los Uffizi, el Bargello o la Galería de la Academia, que acoge al David de Miguel Ángel.

En el corazón de la ciudad está la Piazza della Signoria, en la que se encuentra el Palazzo Vecchio, centro administrativo de la ciudad desde la época medieval, la Loggia dei Lanzi y la cercana Galería de los Uffizi, uno de los museos más importantes de Italia. A pocos minutos de dicha plaza se encuentra la piazza del Duomo, cuyo centro es la Basílica de Santa María del Fiore, catedral de Florencia y conocida por su cúpula, obra maestra renacentista proyectada por Filippo Brunelleschi. El conjunto monumental de la piazza del Duomo se completa con el Campanile de Giotto y el Baptisterio de San Juan.

Florencia fue un semillero de las artes en el Renacimiento:

Pintores: Vasari, Bronzino, Pontormo, Andrea del Sarto, Fra Bartolommeo, Miguel Angel, Rafael, Leonardo da Vinci, Perugino, Signorelli, Girlandaio, Masaccio, Giotto, Botticelli, Andrea Verrochio, Fraangelico, Filippino Lippi y Piero della Francesca.

Escultores: Giacomo della Porta, Giovanni da Bologna, Miguel Angel, Desiderio, Leonardo da Vinci, Donatello, Giotto y Antonio Pollaiuolo.

Arquitectos: Vasari, Miguel Angel, Sangallo, Bramante, Leonardo da Vinci, Brunelleschi, Alberti, Giotto, Filarete, entre otros.

Escritores: Dante, Poliziano, Leonardo da Vinci, Boccaccio y Maquiavelo

También cabe destacar la gran importancia que recibe la ciudad por la creación de la perspectiva lineal, que da forma a numerosas obras contenidas en ella.

DUOMO DE SANTA MARÍA DEL FIORE

La catedral (en italiano duomo, proviene del latín "Domus Dei", es decir "Casa de Dios") consagrada a Santa María del Fiore se encuentra en pleno casco antiguo de la ciudad. Data del siglo XIV, en pleno Renacimiento temprano. Es famosa por su gran cúpula, que tiene 45 m de diámetro y 100 de altura. Fue diseñada por Brunelleschi, uno de los más grandes arquitectos renacentistas. En el interior contiene unos frescos de Giorgio Vasari que representan el juicio final. El edificio, de unas dimensiones gigantescas, es de cruz latina, con una nave principal y dos laterales. El suelo está recubierto de mármol de colores que forma un laberinto de formas y texturas. Excepto la cúpula y los tejados de cerámicas naranjas, las paredes del templo están recubiertas de mármol toscano blanco, verde y rosa, formando dibujos nerviosos y mágicos. Este recubrimiento data del Renacimiento, excepto el de la fachada, que es del siglo XIX.

PONTE VECCHIO

El Ponte Vecchio (en castellano, puente viejo) es el puente más conocido y antiguo de Florencia. De origen medieval, fue remodelado durante el Renacimiento, sustituyéndose las tiendas de peleteros por las de joyeros. Fue el único puente que sobrevivió a los bombardeos nazis de la ciudad de Florencia en la Segunda Guerra Mundial, y actualmente es uno de los símbolos más reconocibles de la ciudad y uno de los lugares más frecuentados por los turistas.

La comida en Florencia hará disfrutar de lo lindo a los amantes de la gastronomía italiana. Además de la pasta y la pizza (muy buena también si la compramos al taglio en una panadería), la cocina Fiorentina tiene especialidades propias como los crostini (tostadas untadas de queso u otros condimentos que se toman como antipasto); la bistecca alla Fiorentina. La porqueta (cerdo asado relleno de especias y que se come en un panini). Parpadelle es una pasta gruesa parecida al fetuccinni, entre muchísimos platos mas de la variada cocina florentina.

LOS BERTOLLINNI

"Daté prisa por favor, no perdamos más tiempo que la señora debe ir inmediatamente al hospital, pronto nacerá su bebé!" Le decía, la ama de llaves, al chófer de la casa, un hombre bondadoso y muy querido por todos, llevaba muchos años trabajando para la familia. Todos los empleados de la casa Bertollinni eran considerados como de la familia, tratados con mucho respeto y cariño.

Efectivamente, estaría por nacer su primer bebé, el heredero de la familia Bertollini. No se sabia a ciencia cierta si seria niño o niña.

La familia, tenia mucha ilusión que llegue ese angelito para llenar de alegría su hermoso hogar. Un hogar con mucho amor, pero que lamentablemente no habían podido tener descendencia, ¡hasta ese día! Eso se esperaba y todo indicaba que faltaría muy poquito para que llegase el gran momento, esperado por mucho tiempo, en el pintoresco pueblo de Scandicci.

El heredero de la familia Bertollinni, no solo tendría amor a cantidad, sino que también heredaría las empresas de sus padres, las cuales no eran cualquier cosa, la familia había trabajado mucho toda su vida para llegar a ser lo que fueron.

La familia Bertollinni siempre tendieron la mano a todos aquellos necesitados, dándoles trabajo y bienestar. Ellos realizaron muchas obras como por ejemplo, la construcción de un colegio para niños pobres, donde había de todo, educación y de la buena, ayuda económica para los que la requerían, mucho amor y compresión. Los padres de familia estaban muy felices con el colegio porque sabían que sus hijos estaban en muy buena manos, con personal docente de primera y sobre todo recibían mucho cariño.

Los Bertollinni, también abrieron una casa para personas mayores, donde las personas de la tercera edad recibían cuidados de todo tipo, médico, comida, ropa, compañía, cariño a montones. El padre y abuelo de Marcello Bertollinni, ayudaron mucho a que prospere ese hermoso lugar, aun en épocas difíciles.

La familia siempre fue muy respetada y querida, se habían ganado todo ese cariño a base de amor y esfuerzo por la gente de su querida comunidad de Scandicci.

Comunidad, localizada a solo ocho minutos de la bella ciudad de Florencia, donde la familia había vivido sus mejores momentos, una vida plena y feliz, reinando siempre la paz y la unión, rodeados de mucho cariño.

Los Bertollinni, fueron los dueños de una de las mas grandes empresas textiles de la región. Donde los habitantes de la ciudad siempre encontrarían un puesto de trabajo. Así eran los Bertollinni, pensaban en el prójimo, primero que todo. Habían pasado muchas generaciones por las empresas de la familia, creciendo cada día más y llegando a convertirse en un gran imperio de los textiles.

Marcello y Elisabetta Bertollinni, una pareja muy querida por todos y a punto de nacer su primer heredero, el cual heredaría una gran fortuna, en su momento. El bebé que naciera en ese hermoso hogar estaría colmado de toda clase de comodidades y sobretodo amor, un bebé muy esperado por la familia, todo indicaba que había llegado el gran momento.

El matrimonio, siempre había anhelado tener familia, pero Elisabetta había tenido ciertos problemas por los cuales ella no podía quedar embarazada. La noticia de su embarazo conmovió al pueblo entero. Los habitantes, estaban tan felices, que hasta quisieron decretar feriado o día sin asistir al trabajo, el día que naciera el heredero Bertollinni. Nunca imaginé que ese bebé fuera tan querido todavía no había nacido y ya lo adoraban.

Los Bertollinni, se habían estado preparando con mucha anticipación para el momento de ir al hospital. Toda la casa estaba de cabeza, todos muy contentos pero también muy nerviosos, ¡había llegado el gran día! Al menos eso parecía. No estaban muy seguros hasta que Elisabetta llegase al hospital. Ella, había tenido varias falsas alarmas, por lo que no sabían si esa seria la definitiva.

¡Por fin llegaron al hospital! Elisabetta tenía muchos dolores de parto, al parecer, ya no los podía aguantar más, las contracciones no se hacían esperar muy a lo contrario, eran muy continuas y dolorosas.

Las enfermeras se apresuraron a atenderla con todo cuidado, los doctores la examinaron y a toda prisa la llevaron a la sala de operaciones. Elisabetta estaba feliz a pesar de los dolores de parto.

Era un hermoso día de Marzo, corría un poco de frió, el cielo de color celeste, el sol no sólo alumbraba y calentaba el día sino también lo alegraba. Pero indudablemente había un mejor motivo para alegrar ese preciso día. ¡La llegada del bebé Bertollinni.! Sino fuera porque yo misma lo vi y estuve presente diría que otra vez más los astros y las estrellas se ponían de acuerdo para regalarle a la familia un día super maravilloso. ¡El día del nacimiento de su primer bebé!

¡Por fin se pudo escuchar un llanto! El primero, un poco débil, ¡pero de momento! se escuchó un segundo llanto, con gran fuerza, todos los que estaban en la sala de espera quedaron asombrados y corrieron a preguntar si ya había nacido el bebé, porque después de escuchar el tremendo llanto no les quedó duda alguna. ¡Había nacido el bebé Bertollinni!

La familia esperaba con tantas ansias a ese bebé que no importara que fuera niña o niño, lo que querían era que naciera con mucha salud y bendiciones. Nunca había visto tanto algaravio y ansiedad por el nacimiento de un bebé. ¿Qué traería ese bebé bajo el brazo? Y ¿Qué tendría de especial el bebé Bertollinni?

Todos esperaban ansiosos que la enfermera salga de la sala de operaciones, con más noticias y les comunicara, si era niño o niña. ¡De pronto la enfermera hizo su aparición en la sala de espera y les dio la noticia que había nacido, una hermosa niña!

¡Papá Marcello, no podía creerlo! ¡Es qué en toda mi vida no había visto felicidad más grande! Las lagrimas corrían por la mejilla del feliz padre. "¡Ya soy papá, ya soy papá!" ¡Gritaba a voz en cuello! Se puso tan feliz que no veía las horas de ver a Elisabetta y a la niña. ¡No había duda, las mujeres seguimos teniendo una gran fuerza y más cuando gritamos! Para muestra un botón.

Marcello, esperó pacientemente que pasaran a su adorada esposa a su respectivo cuarto para poder ir abrazarla de felicidad. ¡Bueno, no sé, si se le podría llamar pacientemente a caminar de arriba abajo y de abajo arriba, de forma angustiosa!

Ya en la intimidad del cuarto todo era alegría y felicidad. ¡ Ahora, la familia Bertollinni estaba completa!

¡La niña era hermosa! Su piel rosada como los pétalos de una rosa, ojos de color verde y apenas un mechón de cabello, de un buen tamaño, seria alta de estatura y el peso fantástico, si no me equivoco pesó cerca de tres kilos y medio; los doctores se dedicaron a chequear a madre e hija, con la felicidad que las dos se encontraban muy bien de salud. ¡Y los padres felices! No podían ocultar tanta dicha, se desbordaba la alegría de la familia. "Dios bendiga a la niña y a cada uno de ellos." Fueron las primeras palabras de mi corazón.

En una semana ya estaban las dos en casa, ¡que maravilla! Todos estaban muy contentos con la llegada de la bebé. La residencia de los Bertollinni se llenó de personas que venían a conocer al nuevo integrante de la familia. Las muestras de cariño eran innumerables, las personas que llegaban a conocer a la bebé, la llenaron de regalos, los arreglos florales no se quedaron atrás, pero sobretodo amor, mucho amor era lo que recibía la bella y adorada bebé.

Los Bertollinni mandaron decorar el cuarto de su bebé, casi inmediatamente de saber qué era niña, pintándolo de un color rosa bajito muy tenue, los muebles eran de color blanco suave o color humo, el techo del dormitorio fue la parte más hermosa del cuarto, ¡una obra de arte! Un mural precioso, donde se podía ver un cielo celeste y nubes como algodón, angelitos pequeños, hadas de ensueño, entre flores de bellos colores, todos de una suavidad y calidez, ¡impresionantes! Nunca había visto un cuarto de bebé tan hermoso y de ensueño, el dormitorio de la pequeña era de una princesa.

No podía pasar un día más sin que la bebé no tuviera nombre, ¡por supuesto que no! Sus padres decidieron llamarla "Bianca," según contaba Elisabetta, en un sueño que tuvo dos meses antes que la niña naciera, ella, escuchó el nombre de Bianca.

Desde ese momento, Elisabetta le dijo a Marcello, que si el bebé que estaban esperando fuera niña, se llamaría Bianca. A la madre se le quedó gravado el nombre en la cabeza y en el corazón.

Bianca, que hermoso nombre, ¡tan hermoso como la propia bebé! Sus padres no podían tener más felicidad que tener a Bianca. Una niña, que poco a poco crecía con mucha vitalidad, inteligencia y de una belleza autentica. ¡Definitivamente un ser especial!

La bebé, fue muy querida por todos. No sólo por sus padres sino también por los amigos, los trabajadores de las empresas de la familia, gente del barrio, todo el mundo quería a Bianca. Por otro lado, la bebé cada día se ponía más hermosa.

Los padres decidieron bautizarla. Una familia muy creyente y Católica. El bautizo se celebró en la capilla de la villa, ¡no faltaba más!

Casi todos los descendientes de la familia Bertollinni se habían bautizado allí, una capilla preciosa, la cual fue testigo de hermosas bodas y ceremonias familiares, donde al entrar solo se podía sentir paz y amor, mucha tranquilidad espiritual.

El hermano de Marcello y una querida prima de Elisabetta, serian los padrinos. Ellos, consideraban un honor haber sido escogidos. Tener como ahijada a la niña Bertollinni, era algo muy grande. Por esa razón los padres tenían que escoger muy bien a los padrinos. Hicieron la mejor elección.

Los padrinos, tenían que ser personas muy cercanas a los Bertollinni y que los quieran de verdad. El dinero muchas veces nubla los sentimientos de las buenas personas convirtiéndolos en interesados materiales. Pero los padres de la pequeña habían escogido a los mejores. Ellos, los padrinos, eran personas de buen corazón, confiables y tenían fortuna también por lo cual no habría ningún otro interés, que el amor sincero por la niña.

El día del bautismo, la capilla se llenó de gente, todos invitados por la familia Bertollinni, cada uno de ellos, portaba un obsequio para la niña, ademas de una flor blanca que iban colocando, conforme entraban a la capilla, en un florero grande que había en la entrada, una vez lleno de aquellas aromáticas flores, seria el momento cuando empezaría la ceremonia del bautismo.

Qué bonito detalle. Me gustó bastante, sobre todo, ver el florero con muchas flores blancas, eso significaba muchas personas brindándole amor a la niña, ademas las flores blancas eran portadoras de paz y amor. La capilla quedo preciosa.

La ceremonia fue corta pero profunda, el padre que asistió la misa lo hizo con mucha devoción. Se podía sentir el amor sincero y verdadero de todas las personas que acompañaron a la familia. Los padres de la bebé, invitaron a mucha gente, los invitados llegaban de todas partes del país, ¡era la primogénita!

El pueblo entero se conglomero en la capilla para acompañar a la familia, lamentablemente muchos de ellos, por falta de espacio se tuvieron que quedar en las afueras de la capilla. Algo que evidentemente, no fue del agrado de la familia Bertollinni, a ellos les hubiera gustado compartir con todo el pueblo.

Al terminar la ceremonia, todos fueron invitados, a deleitarse con los manjares que la familia había preparado así como también recibieron los recuerdos del bautizo de Bianca Bertollinni. Unas preciosas cucharitas de plata, grabadas con el nombre de la bebé ademas de otros recuerdos, ¡ me encantó la cucharita!

¡Lo tengo que decir, la niña estaba preciosa, linda! "¡Un angelito, por donde se le mirara!" Me provocaba abrazarla y comerla a besos, pero desde aquí, mi nueva casa, la besé y abracé con toda mi alma, no pude evitar llorar de la emoción de ver a mi pequeña Bianca, como un angelito divino, en la tierra. Había reencarnado en aquella preciosa niña, convirtiéndose en Bianca Bertollinni, no importaba el apellido, era la misma alma. ¡Bianca Rossi, mi adorada y querida sobrina, había regresado! El motivo de su regreso tenia que haber sido por algo muy importante para ella. Comenzaba a comprender tantas cosas que ella me dijo, cuando nos toco vivir juntas en el mas allá, podría decir sin temor a equivocarme, que la entendía y comprendía perfectamente.

¡ La niña crecía tan rápidamente que de pronto paso de un día de nacida, a cumplir su primer año de edad! Es decir, la casa de los Bertollinni se vestiría de fiesta una vez más, de mantel blanco y muchas flores, como le gustaba a Elisabetta, la madre de Bianca, la heredera cumpliría su primer año de vida. ¡Eso no me lo podía perder de ninguna manera, tenia que estar allí y en primera fila!

Los preparativos para el primer añito de la bebé, fue algo nunca visto. ¡Sus padres estaban locos con ella! Ademas, Bianca se merecía todo, era una niña dosil, cariñosa, se daba fácil con las personas y a pesar que era única hija, prestaba sus juguetes o sea que compartía, algo que su madre le enseñó desde muy chiquita.

¡Qué fiesta, la que celebraron los orgullosos padres! Como dije anteriormente, manteles blancos, flores de los más lindos colores, mesas decoradas con listones de satén en color rosa, las delicias para deleite del paladar estaban a pedir de boca y ni hablar de la torta de cumpleaños ¡no había visto nada igual en mi vida!

Bianca, la bebé, estaba hermosa, llevaba un vestidito color crema con unos bordados lindisimos, hechos a mano por supuesto, por una de las mejores bordadoras de la región. Le hacían juego un par de zapatitos de tela de raso bordados y también un sombrerito precioso, ¡no quiero sonar exagerada pero la bebé parecía un angelito celestial! Como si los propios ángeles la hubieran traído y vestido para que festeje su cumpleaños!

¡La niña estaba bella, era el día más importante de su vida! Ella se daba cuenta de todo, sabia que esa gran celebración era para ella, muy intuitiva. Ya desde niña era pretenciosa, se arreglaba el vestidito de cuando en cuando. Toda una monada, para comérsela a besos, parecía una muñeca de porcelana con ojitos de cristal.

Iban llegando los invitados a la gran fiesta. Todos portaban los más lindos regalos, unos más grandes que otros, más que una fiesta infantil parecía un espectáculo para niños. ¡Había hasta circo! Desde payasos, hasta magos!

La casa tenia un lindo jardín en la parte trasera, donde habían colocado una carpa para el circo, era un circo pequeño, pero tenia de todo, desde los graciosos payasitos, competencia de preciosos perritos, malabaristas y bailarines, es decir no le faltaba nada, algo nunca visto, todo era poco para celebrar el primer añito de la querida Bianca, había que ver como lo disfrutaba ella, ¡ estaba encantada!

Durante toda la celebración la pequeña Bianca siempre estuvo muy bien cuidada, por su madre y sus dos amorosas nanas. No puedo dejar de nombrar la torta de cumpleaños, ¡hermosa, de tres pisos, muy colorida, tenia hasta una pequeña pileta de agua y luces de colores! ¿cómo lo hicieron? No lo sé. ¡Pero era de ensueño!

Llegó la hora de cantarle el cumpleaños feliz a Bianca, los invitados cantaron con mucha ilusión deseándole lo mejor a la bebé ella parecía entender y disfrutar de todo el algaravio que había en su fiesta, ¡si, que lo disfrutaba! Sus ojitos de color verde, brillaban de alegría y felicidad. La verdad que la torta estaba tan linda que hasta daba pena cortarla y comerla.

Yo lo disfrutaba con mucha emoción y felicidad, por ella, pero no podía dejar de sentir nostalgia, dejando salir, una que otra lagrima correr por mis mejillas, porque de cuando en cuando me entraban unas ganas de abrazarla y besarla de lo linda que estaba, "¡mi adorada Bianca!" Como la quería y extrañaba con todo mi corazón.

Aunque yo trataba de pasar mucho tiempo al lado de ella, no era lo mismo, me las ingeniaba para darle el besito de las buenas noches antes de dormirse.

La verdad que los Bertollinni, tenían una hermosa hija pero como no seria así, Elisabetta su madre, era muy bonita y Marcello su padre, era muy apuesto. Ademas de tener ambos una elegancia y una clase que venia de cuna, los caracterizaba su forma de tratar a la gente, siempre con respeto y cariño. Muchas veces las personas, con mucho dinero, suelen subestimar al resto de la gente. Los Bertollinni, nunca lo hicieron y jamas lo harían. Por algo se habían ganado el respeto de los residentes de Florencia.

La celebración del cumpleaños de la niña ya estaba por terminarse. Los invitados comenzaron a retirarse y la casa poco a poco iba quedando vacía. La alegría de los niños se iba minimizando porque había llegado la hora de irse a dormir.

Acabada la fiesta y la celebración, en la tranquilidad del hogar, ese seria el momento preciso para abrir los muchos y lindos regalos que había recibido Bianca. ¡Empezaba la apertura oficial de paquetes!

La niña se desesperaba por abrirlos todos, pero era imposible, eran muchos, así que mamá Elisabetta y las nanas, ayudaron a desenvolver toda esa cantidad de paquetes divinamente envueltos, con lazos de tela, papel de la mejor calidad y tarjetas escritas con los mas lindos saludos y deseos llenos de amor para la bella bebé.

Bianca comenzó a abrir uno por uno los regalos, ella trataba de hacerlo con sus manitas tan pequeñitas, pretendía arrancar la envoltura de los paquetes para ver que había dentro de ellos, ¡la felicidad de todo niño! Ella sabia perfectamente que había celebrado su cumpleaños, una niña muy inteligente para su edad.

Como era de esperar, la niña ya daba sus primeros signos de cansancio, así que no hubo más remedio que llevarla a su dormitorio, estaba tan cansada que de sólo tocar su cama se quedó dormida como un angelito. Fue allí que le di un besito en la frente.

¡Que fiestecita la que habían celebrado, los Bertollinni! Habían tirado la casa por la ventana, y no era para menos, a los queridos padres de Bianca, todo les parecía poco, ellos querían lo mejor para su adorada hija, razón no les faltaba.

Al día siguiente, la niña corría por el jardín de la casa, feliz jugando con cuanto juguete encontraba, siempre reía, era muy alegre, se podía ver claramente que tenia un buen carácter y sentido del humor, un angelito encantador.

Así fueron pasando los años y Bianca fue celebrando cada uno de sus cumpleaños, ella los disfrutaba con mucha alegría siempre rodeada del cariño de su familia. Sus padres la adoraban.

Bianca, fue creciendo y convirtiéndose en una hermosa niña, dosil, tierna, cariñosa, rodeada de amor. Yo estaba feliz por ella.

Los Bertollinni, no tuvieron más descendencia. Se quedaron con una sola hija a la cual adoraban, consentían, engreían, pero educándola también con reglas de conducta y urbanidad, porque algún día heredaría todo el imperio Bertollinni, tenia que estar muy bien preparada. Claro que para eso, faltaba mucho por venir.

La familia solía hacer largos viajes con la niña, la educaron en el mejor colegio de Italia, aprendió otros idiomas, tenia facilidad para el rápido aprendizaje, los padres estaban muy contentos y felices con ella. ¡Y yo ni que se diga, al ver el progreso de mi Bianca!

Había transcurrido el tiempo de una manera tan rápida que las paginas del almanaque pasaban de una forma increíble y los años se venían uno tras otro. Sin darme cuenta, Bianca cumpliría pronto ¡los dieciocho años! Yo siempre estuve muy pendiente de todo lo concerniente a Bianca, ¡mi tesoro!

Bianca, se había convertido en una jovencita preciosa tanto por dentro como por fuera. Tenia buenos sentimientos, le encantaba conversar con la gente, se preocupaba por el prójimo, era muy responsable, sobretodo usaba su sentido común. Ya tomaba decisiones y muy acertadas.

Una mujer que con toda seguridad llevaría el día de mañana los negocios de su familia por un buen camino y por todo lo alto. Y sus padres lo sabían perfectamente. Como también sabían que algún día su hija se enamoraría y tal vez las cosas cambiarían.

A decir verdad, no estuvo muy lejos ese pensamiento. Nuestra querida Bianca ¡se había enamorado!

Bianca se enamoró perdidamente de un muchacho, muy guapo y muy codiciado por todas las chicas, como se dice, "el más popular del barrio." Ese tipo de muchachos nunca me han gustado, pero está no es mi historia, sino la de Bianca Bertollinni.

Cuando nos enamoramos a esa temprana edad, todo nos parece color de rosa, vemos estrellas donde no las hay, nos sentimos colgando de una nube blanca de algodón, no vemos ningún defecto, al contrario, todas son virtudes. Pero, "¿qué se puede hacer?" Nada, la vida es así y así es como se aprende a vivir, cometiendo errores y aprendiendo de ellos. "Para no tropezar con la misma piedra" así reza el dicho, esperaba que a Bianca no le sucediera eso.

El amor es un bello sentimiento. En el cual debe existir la intimidad, la pasión y el compromiso. Lo único que se pretende en una relación es dar amor y recibirlo también. Como debe ser. Muchas veces no se ve más allá, porque no lo quieren hacer y es allí donde precisamente se descubren cosas que se han tratado de ignorar, porque la pareja esta tan enamorada que no quiere que nada ni nadie interfiera en su relación. ¡Hasta que llega la desilusión!

Y muchas veces se sigue soñando y eso fue lo que paso con Bianca, siguió soñando que al fin y al cabo es valido. Como se dice por allí, "en la guerra y el amor todo se vale."

Los padres de Bianca aceptaron la relación, prefirieron que los muchachos se vieran en casa y no a escondidas en la calle. Marcello y Elisabetta le dieron confianza a Danilo, para que visite a su hija, así que Danilo visitaba con frecuencia a Bianca.

Danilo, provenía de una familia acomodada, sus padres trabajaron muy duro para llegar a tener lo que tuvieron. Siempre trataron de darles a sus hijos una buena educación y les enseñaron muchos valores, así que por esa parte, Danilo tenia buenos sentimientos. Los Bertollinni solo querían la felicidad de su hija.

Bianca, seguía estudios universitarios, ella quería llegar a administrar algún día las empresas de su padre.

Así que se propuso estudiar con mucha fuerza para llegar a terminar su carrera y así entrar de lleno a trabajar en el negocio familiar. Por otra parte, Danilo también quería administrar la empresa de su padre, lo único que Danilo no era muy amigo del estudio.

Ya por allí se podía ver claramente que no tenia muchas ambiciones, lo que quería realmente era vivir la buena vida y lo podía hacer con toda seguridad, lo tenia todo a su alcance; muy guapo, educado, solvente, pero sin ambición ninguna. Tampoco yo podía sacar conclusiones apresuradas. "!Piano piano va lontano.!"

Bianca, quería todo eso pero de otra manera, preparándose, estudiando, ella era muy inteligente y organizada. Recuerdo haberla escuchado varias veces decir; "lo que viene fácil, también fácil se va." Ella tenia mucho juicio y ademas la relación estaba empezando, había que darle tiempo. Tampoco era bueno juzgar tan temprano. "¡Esa mala costumbre que yo tenia, haber cuando cambiaba yo primero!"

El tiempo pasaba y Bianca avanzaba con sus estudios, era muy buena alumna casi siempre traía diplomas, sus padres decidieron obsequiarle un auto deportivo de lujo, a decir verdad, ¡se lo tenia ganado! Aun, con premio y todo no descuido sus estudios, era muy responsable. ¡El orgullo de los Bertollinni!

Danilo, al ver el progreso de su adorada novia no quiso quedarse atrás. Comenzó a trabajar con su padre, se podía ver que el muchacho quería avanzar, progresar, aprender. Tal vez lo juzgue muy a la ligera. Tenia razón mi madre cuando decía, "que no era bueno juzgar." Así somos la mayoría de las personas, pensamos que lo sabemos todo y en realidad, también tenemos mucho qué aprender.

Lo bueno de todo, era que Danilo iba aprendiendo conforme iba trabajando. Se podía ver su empeño por seguir adelante, lo estaba haciendo muy bien, no había duda, había aprendido mucho de su padre a través de los años, por lo menos parecía tener alguna ambición, era un buen punto a su favor.

Los muchachos la pasaban bien. Asistían a fiestas, reuniones, compromisos, pero sin dejar sus responsabilidades, los estudios de ambos estaban primero que todo y ellos lo sabían perfectamente.

A los Bertollinni, les gustaba mucho que Bianca y Danilo, pasaran buenos ratos en casa, porque así podían compartir todos en familia y conocerse mejor. Sobre todo los domingos, que era un día muy apreciado por los padres de Bianca, se reunían para disgustar de un delicioso almuerzo y sobremesa. Ya, después de terminado todo, por supuesto los muchachos salían a divertirse. ¡Jóvenes al fin, el mundo les pertenecía!

Las paginas del almanaque seguían pasando. Bianca y Danilo ya llevaban casi dos años de enamorados. Bianca cumpliría los veinte pronto, comenzaba a transformarse en una hermosa mujer.

En esos dos años, pasaron muchas cosas en su relación con Danilo, prácticamente habían crecido y madurado juntos, aunque Bianca, le llevaba la delantera, dicen por allí, que las mujeres maduran más rápido que los hombres, por lo menos, en el caso de la parejita feliz, era completamente verdad.

Los preparativos para semejante aniversario no se hicieron esperar. No cabía la menor duda que esa también seria otra de las grandes fiestas que acostumbraban dar los Bertollinni.

A los padres de Bianca les gustaba las celebraciones, eran muy alegres como buenos italianos y como las disfrutaban, con mucho algaravio, alegría, demostrando su felicidad a diestra y siniestra.

Los Bertollinni, tenían un buen carácter, eran felices celebrando a su hija. Ademas, para pasar un buen rato y llenarse de felicidad cualquier acontecimiento era una buena excusa para ellos. ¡Y no me refiero al cumpleaños de Bianca, que eso si ameritaba una celebración y por todo lo alto con bombos y platillos!

Danilo y Bianca, estaban felices, pues el regalo para Bianca seria un viaje en crucero y una bolsa de viaje bastante buena. Aunque a decir verdad a los Bertollinni no les hacia mucha gracia el viajecito en crucero. Pero lo había pedido Bianca de regalo y no había forma de negarselo, sus padres nunca lo harían; la adoraban demasiado para no darle gusto a su adorada y linda hija.

Por otro lado, Danilo, parecía tener una sorpresa para Bianca, se comentaba mucho que el día del cumpleaños, Danilo se la daría. ¡Todos en casa de los Bertollinni estaban muy ansiosos de saber cual seria la sorpresa, solo tenían que esperar al gran día!

Decían las malas lenguas, o sea los envidiosos, que Bianca estaba embarazada y que esa seria la sorpresa de la noche. ¡Totalmente falso! ¡ Un rotundo no! No quiero ser tan pasionista pero no puedo evitar molestarme un poco cuando lo recuerdo. Ya estoy más relajada.

Ahora, Bianca tampoco era una santa, por supuesto que desde que son pareja, siempre hay esa posibilidad, el amor no espera, momentos románticos los habían tenido y muchos. Sabia que Bianca era muy responsable y definitivamente esa no seria la sorpresa.

Como todo en la vida llega. ¡Llegó el día esperado, la gran celebración del cumpleaños de Bianca! Los invitados comenzaban a llegar a casa de los Bertollinni, llenándola de alegría y felicidad.

Así como también llegaban los bellos arreglos florales, uno más bonito que otro, como no seria así, recuerden que la familia Bertollinni era muy apreciada y querida en la ciudad de Florencia.

El servicio que habían contratado para tremenda recepción era de lo mejor, no había nada que faltara, muy por lo contrario, había de todo y de un gusto muy exquisito.

La torta de Bianca era de ensueño, de cinco pisos, ella la había pedido así, decorada con muchas flores, con perlitas en color rosa. Le fascinaban las perlas. Decían, por allí, que las perlas eran lagrimas de tristeza, yo no lo creía, no me hubiera gustado ver a Bianca llorar por amor otra vez. Los Bertollinni tenían al mejor pastelero de la ciudad, lo digo por las tortas que mandaban preparar, ¡todas eran preciosas y deliciosas! Y con lo dulcera que siempre he sido, ¡ que tentación!

El vestido de nuestra querida homenajeada era de un color muy suave, rosa pálido de tela de chifón, muy delicado y sensual a la vez, ademas portaba en la parte superior derecha del vestido una flor totalmente bordada en hilos de seda acompañada de algunas perlas en color rosa también. Los zapatos del mismo color haciendo juego a toda su tenida. La cabellera de Bianca estaba muy bien peinada, me refiero que llevaba el cabello suelto, divino, lo único que se había puesto en el cabello fue un lindo broche de piedras y perlitas muy pequeñas, bordado con hilos de seda. Estaba radiante como el sol. Ella era la sensualidad hecha persona.

Hablemos de Danilo. Él, estaba guapísimo, su cabellera de color marrón oscuro bien peinado, sus ojos color café, su piel blanca con muestras de haber tomado sol, llevaba un bronceado bastante natural, lo tengo que decir, ¡estaba lindo! Vestía un pantalón y saco negro de seda super fino, camisa blanca de seda, zapatos negros clásicos y la corbata de lazo pequeño en color negra, o sea ¡todo un galán de cine! Hasta me pareció que había madurado, lo vi más centrado y seguro de si mismo. "¡ Al Cesar lo que es del Cesar!"

Danilo llegó con un pequeño regalo y unas flores rojas, estaban tan frescas que se podía oler a cierta distancia el aroma a rosas recién cortadas, ¡ un aroma que embrujaba! Las rosas rojas son las flores del amor y de la pasión, ya por allí se podía notar que amaba a Bianca, muy romántico de su parte. ¡Un bello ragazzo!

La celebración empezó con una lluvia de fuegos artificiales, los colores eran impresionantes, la gente aplaudía con euforia, los fuegos artificiales no paraban, uno tras otro, el cielo se iluminó.¡De pronto! Entre fuegos y luces se llego a leer en lo alto "¡Buon cumpleanno, Bianca!" En ese momento, Danilo se acercó a ella y le entregó las rosas rojas, diciéndole: "¡Buon cumpleanno, amore mio!" Besándola muy apasionadamente.

¡Precioso! Nunca había visto nada igual, ¡que espectáculo tan maravilloso! Toda celebración les parecía poco a los padres de Bianca. Habían contratado a un equipo especializado en fuegos artificiales, para que se hagan cargo de tal evento. El festejo se podía sentir y ver, en casi todos los alrededores de la casa de los Bertollinni. ¡Ese fue un cumpleaños muy especial!

Bailaron, comieron, brindaron, se divirtieron hasta más no poder, se podía ver claramente la felicidad de Bianca y por consiguiente la de sus padres también. Todo el mundo celebró el cumpleaños de la bella Bianca, los buenos deseos y las felicitaciones no se hicieron esperar.

¡Cuando de pronto! Ya a la media noche, Danilo pidió unos minuto de silencio, todos los invitados permanecieron callados a la espera de la tan nombrada sorpresa o regalo que tendría Danilo para Bianca en el día de su cumpleaños.

Después de unas lindas palabras dirigidas hacia Bianca con mucho amor, Danilo se acerco a ella, entregándole un pequeño paquetito, cuando ella lo abrió con ansias y curiosidad se encontró ¡con un anillo de compromiso! Bianca quedó muy sorprendida y sin habla. Es allí en ese preciso momento, cuando Danilo le pregunto si quería casarse con él. Ella, no lo pensó mucho y le dio el sí a su adorado Danilo, cerrando esa pedida de matrimonio, con un largo beso con sabor a miel y algo más.

¡Todos los invitados quedaron tan sorprendidos, que hasta la misma Bianca no podía creerlo! ¡Yo estuve a punto de caerme de la silla! Dejando a más de uno con la boca abierta. Sobretodo a la familia Bertollinni, jamas pensaron que la sorpresa que le tenia Danilo a su hija, ¡fuera de matrimonio!

Los padres de Bianca no reaccionaban ni lo podían creer, solo atinaron a acercarse a su hija dándole un beso y deseándole toda la felicidad del mundo, diciéndole; "Querida Bianca, siempre estaremos a tu lado, te amamos, deseamos tu felicidad"

Elisabetta, su madre, abrazó fuerte a su hija y no se cansaba de decirle que la amaba mucho que la apoyaba en toda sus decisiones y que siempre estaría para ella. Por su parte su padre hacia lo mismo, muy emocionado, abrazo y beso a su querida Bianca.

En ese momento, a los padres de Bianca les invadieron muchos pensamientos, uno de ellos fue, "que era muy pronto que su hija se casara, ella todavía tenía mucho por hacer, terminar sus estudios, y tomar algunas maestrías en la universidad para convertirse en una gran empresaria, dirigiendo las empresas de la familia."

El padre llego a pensar también, que tal vez su hija dejaría los estudios por el matrimonio, pero que equivocado estaba Marcello, Bianca jamas hubiera dejado su carrera, la amaba demasiado y no solo culminaría sus estudios, con el premio de honor sino que también, llevaría su carrera con mucho éxito.

Por una parte, razón no le faltaba al padre, por preocuparse por su hija. Bianca había estudiado mucho para sobresalir, porque su sueño era administrar las empresas Bertollinni. Pero él también sabia que ella amaba a Danilo. No quedaba otra cosa que esperar a la respuesta de Bianca, si se casaba pronto o no.

Por otro lado, si su hija tomaba la decisión de casarse no había mucho que se pudiera hacer al respeto. Sólo apoyarla para que logre su sueño de empresaria. Marcello, sólo era su padre. No su dueño. No podía mandar en los sentimiento de su hija y él lo sabia muy bien. Era un hombre muy inteligente

¡Volviendo a la celebración! Los futuros novios fueron felicitados por todos, se podía sentir la alegría de la pareja. No había nada que hacer, ¡se habían enamorado! La fiesta, continuo con mucho algaravio, ellos, seguían celebrando con mucho champagne, todo era felicidad, Bianca había celebrado sus veinte años con el mejor regalo que puede tener una mujer. ¡El compromiso del matrimonio! La fiesta duro hasta la madrugada, la energía de aquella juventud era envidiable, de nunca acabar. Había que verlos como derramaban dinamismo y energía, "¡juventud, divino tesoro!" Así decía mi abuela.

Pero como todo en la vida tiene su fin. Cuando el sol comenzaba a aparecer, así también los invitados se comenzaron a retirar. La fiesta había sido todo un éxito. Se había celebrado el cumpleaños y el futuro compromiso de Bianca, de allí al altar solo había un paso. Ahora, ¿de que tamaño seriá el paso?

Como era de esperar, al día siguiente todos dormían el sueño reparador, había que descansar recuperando fuerzas y energía para continuar con la vida cotidiana de todos los días. Pero esa fiestecita quedaría grabada en todos los corazones de los florentinos.

A la hora del desayuno, si se le podía llamar desayuno. Puesto que eran ya las doce del medio día, comenzaron a llegar al comedor sentándose uno a uno, el resto de los Bertollinni, me refiero a los tíos y primos de Bianca que habían llegado de otra ciudad de Italia para tremendo festejo, sin pensar que esa misma noche no sólo se celebraron los veinte de Bianca, sino también, su compromiso con Danilo. ¡Qué sorpresita la de Danilo! ¿Verdad?

Marcello Bertollinni, fue el primero en comentar que la fiesta había sido un éxito en todo el sentido de la palabra y preguntó a su bella hija: "¿Te casaras pronto con Danilo, querida Bianca?"

" ¡ Sí, me casaré con Danilo! Lo amo mucho y él a mi, pero después que termine los estudios y me gradue , porque yo amo mi profesión, también."

Respondió Bianca a su querido padre dándole un beso en la frente, ella quería mucho a su padre, como diciéndole "no te preocupes que terminare la profesión."

Fue allí donde el padre comprendio que Bianca estaba muy enamorada de aquel muchacho y que sí terminaría su carrera. Justo lo que Marcello quería oír de la boca de su hija, lo cual lo puso muy contento y de muy buen humor. Él sabia que Bianca tomaría la decisión correcta. Como también sabia que oponiéndose al compromiso o matrimonio de su hija, no sacaría nada.

"Lo único que te puedo aconsejar es que no te apresures en casarte, querida Bianca, toma tu tiempo y disfruta de tu noviazgo, eres joven y tienes mucho por delante."

¡Bianca estaba feliz! Ella definitivamente pensaría dos veces antes de tomar una decisión, tan importante como la de el matrimonio. Así era ella, una mujer con mucho sentido común, intuitiva e inteligente.

Muchas veces llegue a pensar que Bianca tenia más edad que los veinte años que acababa de cumplir, una mujer muy madura. Danilo era un hombre de suerte. ¡Se casaría con la mejor mujer de Italia! Bueno, no quiero ser pasionista, tampoco. ¡Pero de Florencia si que lo era, sin duda alguna!

Pasaron los días y el romance estaba en todo su esplendor. Bianca sabia dividir muy bien su tiempo, ella no dejaba de asistir a la universidad, por nada, ni por el compromiso más importante que se le presentara, seguía manteniéndose en los primeros lugares, porque su meta era trabajar al lado de su padre, en las empresas de su familia.

Sus padres le habían aconsejado que primero terminara los estudios, para después dedicarse a la empresa, si trabajaba y estudiaba no progresaría en ninguno de los dos campos.

Su padre era muy inteligente y sabia aconsejar a su hija utilizando su sabiduría, experiencia y prudencia, factores muy importantes. Muchas veces los padres quieren aconsejar para bien a sus hijos, pero lo hacen mal y allí es donde viene la confusión y todos salen perdiendo, lamentablemente.

Por su parte Danilo, iba conociendo y poniéndole mucha practica a los trabajos de la empresa de su padre, había aprendido rápido, era un muchacho con muchas habilidades, tenia mucha fuerza de voluntad, parecía que pronto se convertiría en alguien importante.

Esa era su meta. Danilo, quería progresar, se podía ver claramente y esa actitud gustó mucho al padre de Bianca. ¡Definitivamente, Danilo, tenia pasta para el negocio!

Habían pasado ya como dos meses desde el cumpleaños de Bianca. Ella había recibido de regalo de cumpleaños un viaje en crucero con todos los gastos pagados más bolsa de viaje.

Los enamorados, deseaban hacer el viaje juntos. ¡Qué mejor oportunidad para realizar el viaje, que con su novio! La parejita enamorada querían disfrutar de su amor y que mejor que hacerlo en un crucero, amarse en medio del océano, la verdad que me pareció muy romántico.

Desafortunadamente no pudieron realizar el viaje, como ellos lo deseaban porque Bianca quería terminar ciertos cursos universitarios, ademas tenia pensado hacer algunas maestrías y tomó la decisión de dejar el viaje para más adelante. La idea no le gustó del todo a Danilo, pero apoyo la decisión de su querida novia.

Bianca, había pensado terminar los cursos que tenia pendiente y así podría casarse con toda tranquilidad con su novio. Por otro lado, también estaría lista para ocupar el gran puesto en la empresa de la familia. Dos grandes decisiones que cambiarían su vida por completo.

Comenzaron a correr los meses y el año estaba por acabarse, entre los estudios de Bianca y las practicas que venia realizando en la empresa de su padre, el mencionado viaje en crucero quedaría pendiente para el próximo año.

Bianca cumpliría veintiuno próximamente. ¡Qué mejor oportunidad para realizar el mencionado viaje en crucero! A los padres de Bianca, no les gustaba mucho la idea que la pareja viaje sin haberse casado antes.

Ellos le propusieron a su adorada hija, que podrían aprovechar el viaje como luna de miel, eso quería decir que tendría que haber matrimonio antes de todo.

¡Bianca cumplía los veintiuno, ya era mayor de edad!

"¡Por fin, ya soy mayor de edad!"

Decía Bianca, gritándolo a los cuatro vientos.

En realidad eso no le quitó ni aumentó nada, sólo la edad. Ser mayor de edad lo único que le aumentaba era tener más responsabilidades y ella lo sabia perfectamente.

Bianca podía hacer lo que le viniera en gana, pero con lo prudente que era, pensaría las cosas dos veces, ¡ahora más que antes! Así era ella, siempre pensaba en todo.

¡Gran celebración si hubo, pero muy privada! Fue en un hotel de la ciudad de Florencia, con unos amigos cercanos de la pareja, comida, buena música y mucho vino. ¡Había mucho que celebrar, la independencia total de Bianca, el matrimonio, el gran puesto en la empresa de su padre y mucha responsabilidad!

Los padres de Bianca, sabían perfectamente que clase de hija tenían y sabían que ella nunca los defraudaría, ¡claro que eso no quería decir que no tuviera una noche romántica con su adorado Danilo! ¡Que si la tuvieron y de que manera! El amor que vivieron esa noche en el hotel fue de amor y entrega total, la pasión que vivieron desbordaba toda idea de lo que una noche de amor era en realidad. ¡Una noche de amor a la italiana!

Bianca, estaba enamorada de Danilo, tenia mucha ilusión, era su primer amor verdadero, otros enamorados había tenido, tampoco una docena pero si algunos como para saber diferenciar, por quien su corazón palpitaba con más fuerza. Yo tenia un pensamiento o mas bien una pregunta que no me dejaba en paz, "¿estaría Danilo dispuesto a dejar su reinado de muchacho codiciado y dedicarse por completo a su futura esposa las veinticuatro horas del día?"

Bueno, esos pensamientos eran inquietudes miás, nada más, de tía preocupada por el bienestar de su adorada sobrina, como verán no terminaba de aprender a no meterme en la vida ajena. *"¡María Sofía, es hora de cambiar, no puedes ir metiendo tus narices donde no te han llamado!"*

Era cierto. ¿ Pero que podía hacer a esas alturas? Casi nada, no había cambiado en vida, menos lo haría de muerta..

Volviendo al viaje en crucero.... a Bianca no le pareció mala la idea de usar el crucero como viaje de luna de miel. Muy por el contrario le caía como anillo al dedo, el crucero deseado por ambos.

Los días iban pasando sin ninguna novedad en particular.

Una noche de luna llena la cual invitaba al romance, Bianca y Danilo, como cualquier pareja comprometida hablaron del matrimonio. Pero paso algo singular, Bianca no encontró al Danilo de siempre, cariñoso y atento, por el contrario, estaba algo distante y sin mucho interés en la boda. Bianca se quedo algo sorprendida.

Bianca no pudo dormir, ni esa noche, ni las que estaban por venir. Se hacia muchas preguntas, "¿Porqué ese cambio derepente de un momento a otro? ¿Sera qué ya no me ama como fue al principio de la relación? Qué esta sucediendo con Danilo?"

Pobre Bianca, eran muchas preguntas, sin respuestas. Que le estaría pasando al guapo de Danilo. Tal vez, no le comenzó a gustar la idea de ser un hombre casado, adquiriendo nuevas responsabilidades.

Bianca, continuó con su vida de todos los días. Su noviazgo ya no era lo mismo desde aquella conversación con Danilo acerca del matrimonio. No quiso comentar nada de eso con sus padres, Bianca no quería que ellos se sintiesen mal. Ella se había ilusionado tanto con la boda que se había hecho la idea de casarse y compartirlo todo con el que seria su esposo.

La tristeza comenzó a entrar poco a poco, en su vida. ¿Qué había pasado, después de tanta alegría y amor? Se acabo todo así tan fácil. Bianca, no lo podía creer y no terminaba de comprender el cambio de Danilo. Bianca decidió esperar un tiempo más. Tal vez su novio necesitaba tiempo para madurar la idea de ser un hombre casado. Muchos pensamientos pasaban por la cabeza de la pobre Bianca, tratando de sobreponerse al mal momento que pasaba.

Los días transcurrían y la pareja se seguía viendo. Pero algo había cambiado definitivamente entre ellos. Lo único que podría ser "era la palabra matrimonio." Hay hombres que huyen de esa palabra, no la soportan, ¡ se llaman inmaduros!

Bianca creía en el amor, era de esas personas que hacia cualquier cosa por amor. Ella no se daba por vencida y le dijo a Danilo "que se olvidase del matrimonio por un buen tiempo, porque necesitaban estar solos y que seria una buena idea retomar el viaje en crucero."

La pareja estaba pasando por un momento difícil, de mucho estrés, Bianca estaba por terminar sus estudios y pronto entraría a trabajar con su padre a tiempo completo. Por otro lado estaba el trabajo y ascenso que Danilo estaría a apunto de obtener. Habían muchos motivos porque estar nerviosos.

"¡Necesitamos vacaciones, unos días libres, solos tú y yo, alejarnos de todo esto!" Le decía Bianca a Danilo, "pronto seré nombrada subdirectora de la empresa de mi padre y las cosas se pondrán más complicadas, porque la clase de trabajo que me toca desempeñar es de mucha responsabilidad y tengo que dedicarle tiempo, por consiguiente no tendré mucho tiempo libre. Tu también tendrás mucha responsabilidad. Es por eso, mi amor, que debemos tomarnos unos días libres, relajarnos y sacarnos el estrés de encima."

Bianca trataba de convencer a su novio. Ella tomaría el puesto de subdirectora, un nombre y un puesto bastante grande. Ella estaba lo suficientemente preparada para ese reto. Pero en ese momento, su vida estaba un poco complicada, me refiero a la parte sentimental, por otro lado, Danilo estaba en el mismo bote.

"¡Yo sé que necesitamos vacaciones y que nos haría muy bien a los dos, pero así como tu tomaras el cargo de subdirectora en las empresas Bertollinni, yo también lo haré en la empresa de mi padre y no se vería bien que aplace la toma de mi nombramiento como asistente de gerencia, mi padre se molestaría conmigo y por otro lado estaría mal ante los ojos del personal que estará a mi cargo, no seria profesional. Tanto a ti como a mí nos ha costado este nombramiento, me refiero a que le hemos puesto muchas ganas y si tenemos que hacer un sacrificio más, lo haremos, ya habrá tiempo para salir de vacaciones juntos!"

Pero que responsable resulto nuestro querido Danilo. ¡Quien lo viera y oyera! La verdad que razón no le faltaba. Al parecer Danilo había aprendiendo y muy rápido. ¡Él, como hijo del dueño, tenia que dar el ejemplo! No había duda alguna, "de tal palo tal astilla."

La vida le ponía a mi querida Bianca todo junto y de golpe. La posición por la que había luchado estaba allí, cerca de ella, por fin se le haría realidad, entraría por la puerta grande de la empresa. Pero le había costado, no por ser hija de Marcello, todo lo tenia ganado.

Así de fácil no había sido, Bianca sabia muy bien de lo que estaba hablando Danilo, lo entendía perfectamente, los dos estaban en el mismo bote, había que seguir remando hasta llegar a la meta.

¡ Un noviazgo, un viaje de placer cancelado, un novio al cual le estaba pasando algo, muchas cosas juntas para un solo día, mi pobre Bianca necesitaba ayuda y rápida!

Bianca sentía que Danilo eludía el tema de la boda. Por otro lado la responsabilidad que le esperaba en la empresa de su padre era grande. A Bianca también le esperaba lo mismo. Los dos tenían las mismas preocupaciones. ¡Pero algo más pasaba por la cabeza del guapo italiano!

La presión del trabajo y la vida diaria podrían ser el motivo de aquella reacción tan inesperada de Danilo. Por lo menos eso quería creer Bianca. Pelearía por ese amor contra viento y marea. Ella era una luchadora y no se vencería tan fácilmente.

¡No soy una terapista profesional, pero la vida me ha enseñado mucho y la muerte también! (Una broma para romper el hielo) Ahora, ya en serio, yo creo que le pasaron tantas cosas a Danilo, una detrás de la otra, que se paralizó y no pudo con tanta presión y responsabilidad, ¡entre las responsabilidades estaba la del matrimonio!

Bianca era una mujer apasionada, tenia a flor de piel la sensualidad, bonita, inteligente, tenia todo lo que un hombre puede desear en una mujer. Danilo era pasional también, pero había algo en él que no se terminaba de demostrar, tal vez se apresuro en pedirle a Bianca matrimonio, o tal vez tenia un ego muy grande.

Acuérdense que siempre le gusto ser el centro de la atención, casándose con Bianca perdería esa imagen. Un pensamiento tonto, pero muchas veces las relaciones se acaban por tonterías. Definitivamente había surgido un cambio y grande, en él.

En ese momento, que Danilo ya tenia una posición en la empresa de su padre y ganaba el dinero que quería, lo que realmente deseaba era viajar por el mundo pero sin Bianca, sin compromisos, sin responsabilidades de hombre casado, no estaba listo para el matrimonio, esa era la única respuesta que podía haber y Bianca la tenia que aceptar. ¿ Y dónde quedo el amor?

A Bianca no le quedó otra cosa que contarle a sus padres que la relación no andaba bien con su novio y que estaban pensando en darse un tiempo. O bien se arreglaban, o se terminaba todo. Bianca fue tajante, eso quería decir, que ella estaba comenzando a pensar lo peor. ¡El rompimiento definitivo con Danilo!

Los padres quedaron muy tristes porque evidentemente querían la felicidad de su hija. Aunque desde un principio no les gustó mucho ciertas actitudes de Danilo, pero pensaron que lo mejor era dejar a los muchachos, que se entiendan entre ellos.

Por supuesto que Bianca recibió el apoyo de sus padres, no podía ser para menos. Sus padres la adoraban y harían todo por darle seguridad, cariño, comprensión, en esos momentos difíciles por los que estaba pasando su bella hija.

Pasaban los días y semanas. Danilo y Bianca se iban alejando poco a poco uno del otro. El tremendo trabajo que tenían ambos a diario en sus respectivas empresas hizo que la relación se fuera debilitando aun más. Entre las reuniones después de la oficina, cóctel aquí y cóctel allá, ya no tenían tiempo para ellos, el resultado se veía venir. ¡Rompimiento total! Bianca tenia el corazón roto, una pena de amor, una desilusión de amor, era algo que tardaría en cerrar.

Lo único que le quedaba claro a Bianca, era que ella hizo todo lo posible por salvar esa relación y lo hizo por amor. Un amor, que en un principio se vio tan verdadero y firme. Lo tengo que decir y no es por defender a Bianca, pero ella puso mucho de su parte, ella quería amar y ser amada. Pero algunas veces amar no es suficiente, algo muy triste pero algunas veces es así, me refiero a Danilo. Claro esta que hay otros factores por los cuales una pareja no llega a realizar su sueño de amor. Pero así es la vida !Ahora que estoy muerta, me doy cuenta que la vida es complicada!

Habían pasado más de dos años, desde que la pareja rompió el compromiso. En ese tiempo Bianca aprovecho de estudiar dos maestrías en la universidad, terminandolas con mucho éxito. Dedicándose en cuerpo y alma a las empresas de su familia, lo hacia muy bien, cada día ganaba más experiencia en el campo de la Administración de Empresa.

Bianca pensaba en enamorarse otra vez. Ella quería tener amor en su vida, había fracasado una relación casi para llegar al altar, pero eso no significaba que pasaría toda su vida sin amor, ¡no, de ninguna manera! Ella quería darse otra oportunidad. "¡O ella encontraba el amor, o el amor la encontraba a ella!" Tenia que ser así, ella no se daba por vencida, Bianca era una luchadora, ¡si lo sabría yo!

Bianca, estaba segura que había alguien esperando por ella, para amarla como ella quería ser amada. Ella tenia un presentimiento, que no se despegaba de su cabecita y tampoco de su corazón, estaba segura que en cualquier momento aparecería su príncipe azul, para darle cariño, pasión y amor a cantidades!

Bianca era hija del amor. Yo la conocía muy bien, cuando ella se proponía algo lo conseguía. Dicen que el límite es el cielo, bueno para ella no había límite alguno, los cruzaba todos. Ya, ustedes saben perfectamente porque lo digo, ¿verdad?

Así era Bianca, un ángel testarudo y sensual, que lo único que había perseguido en su vida, era tener a su lado a un hombre que la ame, adore, comprenda, proteja, apoye, inteligente, tierno, sexy, guapo, con un buen sentido del humor y con un corazón del tamaño del universo. ¡Casi nada pedía Bianca!

¡ Así que un buen día me di a la tarea de buscar y regalarle una lupa bien grande, a ver si lograba encontrar algún hombre con todas esas cualidades! *"¡ María Sofía, ella lo encontrara, con lupa o sin lupa, dejate de bromear con algo tan serio como buscar, "al príncipe de su corazón!"*

Otra vez la voz de mi consciencia, mi gran amiga a la que escucho con atención, bueno casi siempre. Como dice el dicho, "el que busca encuentra" "si en tu camino esta....se te dará" espero que Bianca encuentre lo que tanto busca, amor.

****

LA COSTA AMALFITANA, NAPOLES, ITALIA

¡El lugar perfecto para el amor! Es romántica, invita al amor, ha sido cuna de muchos amores y qué amores, ¡envidiables! Su belleza natural impacta y de que manera. ¡ ¿Quién pudiera enamorarse en las costas de Amalfi?!

Extendiéndose por el sur de la península Sorrentina de Italia, la costa de Amalfi deslumbra por sus grutas misteriosas, escarpados acantilados y luminosas bahías.

Ravello, te permitirá alejarte de la multitud, además de contemplar la asombrosa Villa Cimbrone, con vistas a la bahía de Salerno.

En el casco histórico de Sorrento, las calles serpentean llenas de puestos de artesanos. Se puede llegar a la Isla de Capri en un corto trayecto en transbordador o aliscaf

De gran interés turístico y cultural, todos los municipios que integran la costa fueron declarados como "Patrimonio de la Humanidad por la Unesco en 1997."

Describiéndola de esta manera:

"La franja costera de Amalfi, es de una gran belleza natural. Ha estado intensamente poblada desde principios de la Edad Media."

LA COSTA DE AMALFI

Bianca, adoraba a sus padres y no quería mudarse a vivir sola, primero por ellos y segundo porque se sentiría mucho más sola, así que decidió quedarse en casa, con toda su familia. Siempre tendría un plato de sopa caliente en los días de frió. ¡Hogar dulce hogar!

Ya con veinticinco años de edad, una gran carrera y con un futuro prometedor, sólo le quedaba buscar otra vez el amor. ¡Ella no se daba por vencida!

Parecía que Bianca buscaba el amor de una forma constante, algunas veces llegue a pensar que ella se había obsesionado con eso de encontrar el amor de su vida. Pero no era así de simple, era más complicado de lo que parecía.

Bianca era apasionada, romántica, tierna, enamorada del amor, del placer, del cariño. Era su naturaleza. Bianca creía en el amor y ese era el motivador de su vida. Sin duda alguna, el amor es el sentimiento más grande del mundo. Eso ella lo sabia perfectamente.

Bianca era muy emprendedora, ejercía su puesto con mucho profesionalismo, poco a poco comenzó a ganar más reconocimiento entre los empleados, la respetaban, la querían, era la jefe más querida de la empresa, no quiero presumir pero la más bonita también. ¡Sus padres estaban muy orgullosos de ella, y no era para menos!

La vida de Bianca era muy ocupada. Muy temprano por la mañana salia a caminar, le encantaba hacer ejercicio, la mantenía siempre en forma, saludable y de buen animo. Le fascinaba el contacto con la naturaleza, las plantas, las flores, los animales, era más, por ella hubiera tenido muchas mascotas.

Un día llevó a casa de los Bertollinni, a dos periquitos hermosos, ella misma los cuidaba y todos los días antes de ir al trabajo, los visitaba en el jardín, allí los tenia en una hermosa jaula. ¡Hasta quería enseñarles a hablar! O por lo menos que dijeran algunas palabras. Así era Bianca de impulsiva y vehemente, todo lo quería rápido y por eso muchas veces se ha dado con la puerta en la cara.

¡Pero cual seria su sorpresa, que una tarde llegó del trabajo, fue a visitar a los periquitos al jardín y no los encontró, se habían escapado! Alguien no cerró la jaula como debía de ser y adiós periquitos, literalmente volaron. Ella nunca supo donde fueron a dar. Bianca se entristeció mucho y de allí para adelante nunca más quiso mascotas en su casa.

Adoraba a los animales, cualquiera que sea su condición y su procedencia, cada quince días iba a visitar a los animales abandonados o abusados, al Centro de Protección del Animal. Ella siempre donaba una buena cantidad de dinero para su cuidado.

Bianca hacia muchas obras de caridad. Entre las cuales estaba la visita al Hospital del Niño y la Casa de los Ancianos, sentir de cerca a los niños y ancianos la conmovía mucho, le entristecía ver a las personas mayores solas como olvidadas en el tiempo, así que ella les daba mucho cariño y un poquito de compañía.

Siempre que visitaba a los ancianos, les llevaba regalos, ropa, libros, dulces, ellos le pedían dulces, como niños. Había que ver con que felicidad la esperaban. Muchas veces solo se podía quedar con ellos una hora por falta de tiempo, pero allí estaba Bianca siempre pendiente y preocupada por los ancianos, que no les faltase nada.

Ni hablar cuando visitaba a los niños al hospital, les llevaba cariño a cantidades, aparte de los lindos juguetes, libros, ropa, comida, dulces, etcétera. Ella jugaba con los niños y siempre les leía un cuento. Ella compartía su cariño con ellos al cien por ciento.

El corazón de Bianca no tenia límites, lo daba todo, cuando era por amor no le importaba nada, era muy pasionista. No es muy bueno ser muy pasionista, se puede llegar a enredar los sentimientos creando tremenda confusión, en el corazón. Bueno, ya ese seria otro tema. Ella era así y no se podía hacer nada.

Compromisos, fiestas, reuniones, no le faltaban. Le encantaba el arte, tenia que ser así, ¡ por algo vivía en la capital del arte! Florencia. Siempre buscaba una galería de arte donde meterse y pasarse un buen rato disfrutando, mirando, ¡ y muchas veces comprando!

Aparentemente tenia de todo en su vida, se podría decir de todo, pero no era verdad, le estaba faltando lo primordial, ¡enamorarse, sentirse amada, deseada, adorada!

Bianca, siempre tuvo el amor de su familia, ella conocía muy bien y de cerca ese sentimiento divino que era el amor. Algunas veces me he preguntado con tantas cualidades de las que gozaba, mi querida Bianca, "¿porqué no había podido encontrar a la persona que compartiera con ella sus sentimientos, sus gustos, pasiones, su vida?"

Tenia que tener paciencia. Ya vendría, claro que para mi era fácil decirlo pero para ella, no lo era. Ella ya comenzaba a preocuparse por su vida sentimental. Esa vehemencia de Bianca de quererlo todo rápido no le hacia nada bien, por el contrario, no la ayudaba para nada a pensar sosegadamente.

Ahora, Bianca, tenia su carácter también, cuando no le gustaba algo lo decía, era muy franca, tal vez esa virtud, en algún momento de su vida le causo algún disgusto. Ella era muy justa. "Al Cesar lo que es del Cesar." Si ella tenia que perder, lo aceptaba y seguía adelante, con esa actitud, yo estaba segura que conseguirá muchas cosas, me refiero al campo laboral. Bianca, demostraba su cariño sin esconder nada, le gustaba compartir, siempre estaba dispuesta a dar una mano, al que se la pidiera. Con una gran personalidad. Una mujer que sin duda alguna era la envidia de otras. Pero nada es completo en está hermosa vida.

Hablando de amor, Bianca era un poquito exigente en cuanto a novio se trataba. Bueno, no es por salir a su favor, pero tampoco sus requerimientos eran cosa del otro mundo, tenia que ser así, de lo contrario se volvería a repetir la historia y Bianca ya no quería nada de eso, ella quería encontrar amor, sentirse amada, y amar también, se había propuesto encontrar a su príncipe azul. Bueno, no sé si seria azul, pero conociéndola, de seguro seria un príncipe enamorado.

¡Ella, conseguiría todo lo que se había propuesto y mucho más! En sus momentos de nostalgia que felizmente eran pocos, Bianca pensaba que había perdido, que ya no encontraría al hombre de sus sueños, pero no era así, ella estaba muy lejos de perder.

La vida de la querida Bianca pasaba con mucha rapidez entre el trabajo, los amigos, los compromisos, que no le faltaban, se estaba comenzando a olvidar del amor.

"¡Por fin Bianca tendrá paz en su vida y en su corazón!" Me dije, "¡aunque sea por un buen tiempo!." Así podrá vivir más tranquila y disfrutar de la vida, que bastante falta que le hacia. Sobre todo después del rompimiento con su novio.

Hablando de Danilo, su ex-novio, ellos terminaron la relación de buenas maneras, Bianca nunca lo volvió a ver. Aunque si más no recuerdo, se hablaron un par de veces por asuntos relacionados de trabajo, desde allí se alejaron para siempre, pero sin resentimientos.

Bianca era romántica al cien por ciento. La verdad, yo no creía que estuviera mucho tiempo sin amor, sin el hombre que la despierte por las mañanas con un beso fugaz o apasionado, con sus cariseas, el calor de su cuerpo entrelazado al de ella, la respiración ajitada y perdida, en una esquina del dormitorio, la seducción estaba allí, hecha persona. ¡Esa era Bianca, la eterna enamorada!

Bianca, decidió ir de vacaciones a la bella Costa de Amalfi. La verdad se merecía un buen descanso, unas vacaciones como esas no le caerían nada mal. Bianca, había programado el viaje para el mes de Septiembre, algo le decía que debería viajar en ese mes, tenia fuertes corazonadas de ir al sur de Italia.

Las intuiciones de mi querida Bianca, eran seguidas por ella al pie de la letra. ¿Porqué Bianca habría escogido el sur de Italia? ¿Alguna causa o motivo especial? Qué esperaba encontrar en Amalfi? Las respuestas estarían a la vuelta de la esquina.

Para Bianca no seria un viaje cualquiera, ella estaba segura que el amor la estaba esperando allí, la idea de ir al sur no estaba tan mal, ya que Bianca conocía el norte de Italia como la palma de su mano el sur era una buena opción definitivamente. "¿Será cierto que para hacer el amor había que ir al sur? ¡No lo creo, el amor se da en el norte, sur, este, oeste y en cualquier rincón del mundo.!"

"¡Volviendo a Italia, cualquier parte era buena para amar! Somos mediterráneos, de sangre caliente, hacemos el amor con mucha pasión, con esto no quiero decir que en otros países no hacen el amor como nosotros, nada de eso, yo hablo por experiencia propia nada mas!" Ustedes saquen sus propias experiencias.

Bianca, se preparaba para el viaje como nunca antes lo había hecho, su sexto sentido le decía,"que ese viaje sería mucho más que un simple paseo de descanso." Bianca era una mujer practica, que cuando algo no le salía bien como ella lo habría planeado, volteaba la pagina y listo. No se complicaba la vida para nada.

Recuerdo, que sus padres le aconsejaron que viaje con alguna amiga para que no se sintiera sola y pudiera disfrutar el viaje acompañada. Pero ella les respondió "que precisamente lo haría sola porque necesitaba estar con ella misma." Decisión pensada, decisión tomada, ya Bianca lo había pensado muy bien, no había paso atrás.

"¿Qué les dije yo? ¡ Qué Bianca era un angelito terco!"

Los meses pasaban muy rápido. Y Septiembre ya estaba encima. El viaje fue muy esperado por ella y con mucha ansia. ¿Porqué seria? Pronto lo sabremos. Ella presentía que su vida cambiaría totalmente en ese viaje. Ella tomaba muy en serio sus intuiciones o corazonadas.

Bianca, seguiría a su instinto, como siempre lo había hecho, solo que algunas veces, ¡o no lo seguía al pie de la letra o este le había jugado una mala pasada! Lo digo en broma, ¡nada mas! Recuerden, el ¡ buen humor es nuestro salvavidas!

Bianca, decidió viajar en avión, aunque por la distancia lo hubiera podido hacer en auto. A ella le fascinaba manejar porque disfrutaba de la naturaleza y los lindos paisajes de la bella Italia. Pero estaba cansada. Antes de salir de viaje había dejado todo en manos de su asistente. Todo el trabajo estaba completo y organizado.

Porque, Bianca no estaría una semana fuera, tomaría el mes completo. Su familia, al enterarse que se iría un mes se sorprendieron. Ella no solía hacer eso, nunca lo había hecho.

Pero siempre hay una primera vez para todo en la vida. "Es allí cuando se comienza a saborear el triunfo o el fracaso y es allí también cuando las experiencias de nuestra vida comienzan a enseñarnos los caminos a seguir, acertado o fallido" ¡Algo me decía que ese viaje seria acertadisimo! Yo también tenia mi sexto sentido muy fino.

¡Llegó el día esperado! Con maletas en mano se despidió con un beso de sus padres y se fue al aeropuerto. Bianca sentía algo muy fuerte y especial por la Costa de Amalfi.

Mientras viajaba, por un segundo, recordó a su ex novio, Danilo, con una actitud positiva, sin rencores, ni resentimientos, al contrario, entre pensamiento y pensamiento le deseaba que encuentre bienestar y una linda novia a quien amar y que Danilo recibiera amor también, ellos habían sido pareja, algún cariño habría quedado entre ellos.

Eso tenia un gran significado, ¡que Bianca había cerrado el ciclo con Danilo y estaba lista para volver a amar! Ella estaba tranquila con mucha paz en su alma y en su corazón, justo lo que estaba necesitando. ¡Yo, estaba completamente segura que Bianca volvería a amar y que la amarían también, otra vez!

Bianca llegó de noche a Amalfi, un viaje corto era lo que ella quería, para no cansarse mucho. Ella tenia muchos planes para cuando llegase a la Costa Amalfitana. Lo primero que haría seria ubicarse en un hotel que tuviera de todo, serian las vacaciones perfectas. ¡Una vacaciones de ensueño, ella quería un paraíso y lo encontraría al sur de Italia!

"¡Me engreiré, no escatimaré gastos ni nada parecido, he venido a disfrutar de esta bella Riviera Italiana y así sera!" Decía, Bianca haciendo su entrada a un majestuoso hotel, ¡el mejor de Amalfi!

Ella quería tomar baños de sauna, masajes, yoga, meditación, es decir todo en el mismo hotel, por supuesto con los mejores restaurantes y bares, así no tendría que dejar el hotel cada vez que desee un servicio. Bianca sabía escoger muy bien lo que quería.

Ella no podía resistirse al chocolate, era adicta al cacao sólo con olerlo de lejos corría a comprarse uno, esté dónde esté. ¡Y para bien de ella el hotel preparaba su propio chocolate, del sabor y cantidad que los huéspedes quisieran. ¡ Dicen, que el chocolate es afrodisíaco y si Bianca encontrara el amor allí en Amalfi, seria estupendo!

¡Esas vacaciones sí que prometían! Se podría decir que, comenzaban a ser perfectas. No lo decía solo por el chocolate, sino por todo el ambiente en general, se estaba comenzando a poner romántico, invitando a la seducción y al amor.

Los dos primeros días Bianca no salió para nada del hotel. ¿Pero quién podría pensar en salir con tantas atenciones recibidas allí? Además, ella quería relajarse primero que nada. Descansar, tanto físicamente como mentalmente, olvidarse del trabajo, ¡libertad total! Yo estaba convencida que lo conseguiría, sin duda alguna.

Bianca decidió hacer por las mañanas, caminatas por toda la Costa, mirando el mar, llenándose de oxigeno puro, ¡qué bello paisaje! El color del mar era entre verde y celeste, las montañas tapizadas de pura naturaleza como diciendo, "aquí estamos, somos grandes y hermosas."

De cuando en cuando, Bianca, se sentaba en la arena de la playa a conversar con el mar, su amigo, a ella siempre le gusto hacerlo. Desde pequeña solía decir, "que el mar era el único amigo que nunca contaría sus secretos más íntimos, que se los guardaría por siempre, pase lo qué pase." ¡Y que razón tenia! Yo, pienso igual, el mar es un gran amigo, escucha nuestras penas y alegrías, en la tranquilidad del vaivén de sus aguas vamos recibiendo respuestas a todas nuestras preguntas, inquietudes y dudas que tenemos.

Ya habían pasado como tres a cuatro días, desde que Bianca había llegado al majestuoso hotel. El corazón de Bianca, palpitaba con más fuerza en Amalfi, eso era un buen presagio para ella, porque estaba segura que algo muy bueno pasaría allí.

Bianca, comenzó a sentir muy buena energía, ella siempre había tenido su sexto sentido muy desarrollado, así que lo único que tenia que hacer era prestarle más atención y seguir su intuición, la cual la guiaría y muy bien. Definitivamente que así seria.

Sentada en la sala principal del hotel, con todos sus sentidos bien abiertos, disfrutando de la belleza de los preciosos murales y decoración mediterránea, Bianca comenzó a sentirse muy inquieta, su corazón palpitaba más a prisa que lo normal, "¿¡pero qué me está sucediendo, porque me siento así tan inquieta!?" Pensó.

¡No había terminado de pensarlo cuando de pronto! Se le acerco un tipo, alto, bronceado, cabellos color marrón oscuro, con un cuerpo bien formado y cuidado. Mucho ejercicio. ¡Con los ojos más lindos que Bianca hubiera visto en su vida! Transparentes de color turquesa mar. Y lo mejor de todo, atento y muy educado.

Inmediatamente el guapísimo, hombre le preguntó :

"¿Es usted de Amalfi?"

"No. Soy de Florencia ¡al norte de Italia!"

"¡Mi nombre es, Giulio Venturini y vivo aquí en Amalfi!"

"¡Y el mio es, Bianca Bertollinni, estoy de vacaciones!"

Y así empezó un dialogo totalmente inocente, donde Bianca comenzó a sentirse muy bien, con lindos sentimientos hacia aquel hombre, algo que no había sentido por ningún hombre, ni por su ex-novio Danilo, cuando lo conoció por primera vez.

Giulio, vivía en Amalfi, trabajaba para una empresa de hoteles muy lujosos, tenia un salario que le acomodaba para vivir, como cualquier vecino. Trabajaba para vivir, era soltero, tenia 35 años de edad, joven, muy guapo, atento, educado, todo un caballero. ¡Giulio era el Administrador General de aquel majestuoso hotel! Bianca quedo muy impresionada con el apuesto y guapo administrador.

A Bianca le impactó la personalidad, la manera de ser tan sencilla y tan educado, de Giulio. Todo junto a la misma vez. Esa combinación que a nosotras las mujeres nos encanta de algunos hombres. Ellos, habían cruzado palabras por unos minutos nada más y Bianca pudo ver claramente el gran corazón de Giulio, totalmente transparente sus nobles sentimientos afloraron de inmediato.

Un hombre interesante y muy bien parecido. Sentados en la sala principal del hotel, continuaron con su amena conversación que al parecer estaba muy interesante. Yo los veía de lejos. Eran la pareja perfecta. ¡Bingo, Bianca!.

Giulio, de inmediato le ofreció una taza de café, era temprano y Bianca, todavía no había desayunado, había llegado de su caminata matutina. Giulio, tenia un tiempo libre a esa hora, después tendría que regresar al trabajo. Su oficina estaba en el mismo hotel, por lo que era más factible que los dos se encontraran, más de una vez.

Bianca, acepto no solo el café, sino un rico desayuno. Mientras ambos tomaban el café, iban conversando, Giulio, en todo momento se porto como un caballero, porque lo era. A Bianca, se le veía muy tranquila. "¿Qué habría estado pasando en ese momento por esa cabecita, o por ese corazoncito?"

¡Bianca, estaba encantada con Giulio y Giulio con Bianca! Al parecer se comenzaban a llevar muy bien, claro que, era muy prematuro hacer un análisis de la situación.

Coincidían en muchas cosas. La platica se hizo amena y todo transcurrió con mucha naturalidad. Por lo que, acabado el desayuno, cada uno se retiro a lo suyo. Pero no sin antes, Giulio, invitar a cenar a Bianca, por supuesto que ella aceptó, ¡encantada de la vida!

¡Si les contara la cara de Bianca cuando vio por primera vez a ese galán salido de alguna portada de revista! ¡No me lo creerían, babero era poco! A decir verdad, a mi también me impresiono.

Bianca aceptó cenar con Giulio. Ese seria un buen motivo para que ambos se conociesen un poco mas. No era por nada, pero para mi, ellos eran tal para cual. *"¡María Sofía, dejate de sacar conclusiones adelantadas, por lo menos espera un tiempo más!"* No podía con mi genio.

A Bianca, le había impresionado el físico de Giulio, pero la había cautivado mucho más, su personalidad. ¡Ella, no se perdería esa cena por nada en el mundo! Sabia lo que quería, había conocido a un hombre muy interesante, al parecer, de buenos sentimientos.

A Giulio, se le veía muy responsable, algo que impresionó a Bianca de alguna manera. Ella valoraba mucho a la persona que trabajaba para vivir, eso ya hablaba bien de él. Pero no era suficiente. Ella tenia que conocerlo más profundamente, sus ideales, sus virtudes, sus vicios, es decir todo lo bueno y lo malo. Bianca no quería sufrir más por amor, no más desilusiones, aunque era muy pronto para hablar de amor, pero mas valía precaver que lamentar.

Yo me pregunto y esto va por cuenta mía. ¿Porqué tenemos que sufrir por amor si el amor es algo maravilloso? Muchas veces nos enamoramos de la persona incorrecta y así de esa manera nos toca sufrir. ¿Porqué tantas desilusiones y desamor? Porqué, de ser todo perfecto, seria amor ideal. El amor duele, el amor te hace sufrir, es una combinación de sentimientos lindos pero muchas veces de sentimientos encontrados. El amor ha tocado a mi puerta varias veces y yo la he abierto, dejándolo pasar y ubicarse en mi corazón.

Después de esta pequeña reseña sobre el amor y de algunos consejitos que voy dando en el camino, si llego a reencarnar, seré terapista, ¡eso ni dudarlo y hablo en serio! ¡Vayan preparándose, porque mis consultas no serán baratas, la experiencia vale y cuenta!

Lamentablemente, Bianca, no llego a conocer bien a Danilo, su anterior relación, se enamoró como una loca de él y eso le costo el rompimiento del compromiso. Cuando sé es joven y no hay mucha experiencia en cosas del corazón, eso suele pasar. ¡Nos enamoramos y listo! Ni siquiera lo cuestionamos, el corazón no lo ve solo lo siente.

Bianca quería conocer a Giulio más a fondo, quién era, cómo era, detalles de su personalidad, para ella, eran importantes. Tal vez, anteriormente no lo veía así, pero las cosas cambiaron para Bianca. Ella no cometería el mismo error dos veces.

Esa era mi Bianca. ¡Como había aprendido de hombres, toda una experta! Quién la viera. La vida le había enseñado y mucho. ¡ Aprender es lo que tenia que hacer!

Todas esas preguntas que desataron curiosidad a Bianca por saber de Giulio tendrían respuestas en la cena, donde los dos conversarían de sus vidas, sus proyectos, sus sueños. Era la única forma de conocerse mejor, comunicación, mirándose a los ojos, son los únicos que te llevan a conocer el alma de la persona. Tal vez de allí pudiera surgir un enamoramiento. ¡Seria estupendo para Bianca!

Bianca, estuvo pensativa todo el día, pensando en aquel hombre espectacular que acababa de conocer. Definitivamente, Giulio, comenzaba a entrar en sus pensamientos y en su corazón. Y cuando ese tipo de cosas comienzan a rondar es por alguna buena razón.

"¡¿De dónde salio un hombre tan bello?! Hasta me parece una ilusión nada más, ¡pero qué estoy pensando,! ¡¿Es qué me he enamorado a primera vista?! Si así fuera, debo conocerlo más a fondo, esta vez haré mi tarea muy bien!" Bianca pensaba en voz alta, ella estaba confundida, pero pronto esa confusión se diluiría del todo.

¡En fin! Bianca se estaba comenzando a ilusionar con Giulio. Ella era fácil de ilusionarse, pero también la vida le había enseñado a tener cuidado con esas ilusiones o amores a primera vista. Ella ya veía las cosas del corazón con más cuidado, no quería amar sin ser amada, razón no le faltaba. Los ojos de Bianca comenzaron a brillar de forma diferente. Los ojos solo nos brillan así, cuando el amor lo tenemos en frente. ¡Si lo sabría yo, a mi también me brillaron los ojos igual!

Bianca tenia por costumbre escribir todas las noches en su diario. Bueno, últimamente, solo lo hacia cuando algo muy importante en su vida ocurría. ¿Qué secretos contendrá ese diario? Me preguntaba, con cierta curiosidad..

Esa misma tarde, fue en busca de su diario, lo abrió y comenzó a escribir rápidamente, era más que seguro, que lo que estaba escribiendo, era muy importante para ella. De otra forma no lo hubiera hecho en horas de la tarde, esperaría para la noche, antes de irse a dormir, era la hora indicada para tener una conversación intima con su diario, el cual guardaba los secretos de Bianca muy bien.

Esa misma tarde también, habló con sus padres por teléfono, los cuales estaban muy contentos de hablar con la bella Bianca y saber que su adorada hija lo estaba pasando muy pero, muy bien.

A ella, se le notaba feliz, estaba disfrutando realmente de sus vacaciones. Ya era hora de hacerlo, porque mucho trabajo y poca diversión, tampoco era nada bueno. En la vida hay que compartir todo, de lo contrario se hace monótona y aburrida.

Bianca se preparaba para la cena de la noche, seria en el comedor del mismo hotel. Quiero describir el faustoso comedor, porque la verdad vale la pena hacerlo. No todas las noches se podía cenar en un lugar tan bello como ese. ¡El arte en todo su esplendor!

El comedor, estaba decorado con bellas flores naturales, de lindos y variados colores, las mejores de todo Amalfi. Pisos y columnas de mármol, impecables y muy bien cuidados, a pesar del tiempo conservaban su riqueza. Frescos de pintura de la época del renacimiento, los cuales llevaban a revivir esa época tan maravillosa, las paredes y parte de los techos pintados con bellos murales.

¡Prácticamente era como estar dentro de una de las más exquisitas galerías de arte! Todo eso y más, dentro del mismo restaurante, ¡increíble! No puedo dejar de mencionar que un tenor entonaría las más lindas canciones de amor.

Dos piletas de agua que eventualmente cambiarían de colores. El salón tenia luces de matices tenues, lo que le daba un toque de romanticismo, velas en las mesas, bueno ese detalle era de noche, solo para la cena, porque de día el comedor estaba iluminado por la luz del sol que entraba por los grandes ventanales al estilo mediterráneo.

Valía la pena describir el salón del comedor, una belleza digna de admirar, una obra de arte. Me olvidaba de lo principal, la comida la más exquisita de la zona. ¡ Qué cena la que tendría Bianca, estaba casi completa, aunque faltaba el postre! ¡ Seria Gulio, quién más! Esa era la noche de Bianca, su intuición no le había fallado, la había guiado hasta aquel hombre maravilloso.

¡Bianca salio de compras! Su pasatiempo preferido. Visitó las más elegantes tiendas de Amalfi, hasta que consiguió lo que quería. Compró un bellisimo vestido especialmente para la cena.

El vestido era de color rojo. El color del amor y de la pasión. ¿Qué quería decir eso? ¿Qué se estaba preparando para abrir su corazón al amor una vez más? ¡Sí, claro que si! Esa era mi Bianca, una enamorada del romanticismo y del amor. Se los he venido diciendo, desde que empecé a contar esta preciosa historia.

Sigamos con el vestido. ¡Era hermoso! La parte superior delantera llevaba encaje, bien ceñido a su cuerpo, de la cintura para abajo de seda. El vestido era largo con una apertura en la parte derecha, comenzando desde la mitad del muslo de la pierna hasta abajo. El escote era en redondo en la parte delantera y en punta profundo en la parte trasera, llegando casi a la cintura. Pero con ese cuerpo delgado y bien formado todo le quedaba bien. Las mangas también las llevaba de encaje transparente, ¡un vestido totalmente sexy! Llamando al romance y galanteo y para terminar con la tenida completa de Bianca, sandalias y cartera de mano en color negro. No cabía duda alguna, ¡ella quería ser la pasión personificada y lo conseguiría, su belleza era impactante!

Casi nada de joyas. Unos aretes pequeños de diamantes. ¡Lo menos, lo mejor! Su linda cabellera no necesitaba ningún peinado especial, la llevaba suelta y muy natural A Bianca se le veía muy elegante, sexy y sensual, esa definitivamente, era su noche.

La noche ya estaba encima y Bianca se preparaba para impresionar ¡al bello Giulio! Un hombre, muy guapo, inteligente, educado y tierno a la vez. ¡La combinación ideal!

La cena estaba pactada para las ocho de la noche. Bianca ya estaba lista para salir. ¡Ella se sentía un poco nerviosa, con mariposas en el estomago! Bianca estaba radiante, no solo parecía una sirena con aquel vestido rojo, sino también, porque sus ojos brillaban como dos luceros en una noche de luna llena, Bianca, estaba tan bella que ni ella se lo creía, el amor hace magia, para prueba un botón. "Un botón sensual y romántico en las Costas de Amalfi." Ya me estaba volviéndome hasta poeta, lo único que me faltaba, ¡recitar poemas de amor en las orillas del mar! "¡ *María Sofía estabas inspirada!*"

En la entrada principal del restaurante estaba Giulio, esperando a Bianca. ¡Él, estaba elegante, vestido de negro! Tampoco él se quedaba atrás. Llevaba pantalón, chaqueta y camisa en color negro y una corbata que le asentaba divino. ¡ Ah! Y ese color tostado de su piel, bañado por la Costa de Amalfi, solo había visto algo parecido en revista de modas. ¡Los dos estaban bellos! Hacían una linda pareja.

¡Giulio, se impresiono de ver a Bianca, tan hermosa! No era por nada, pero mi Bianca perecía una princesa, pero que digo parecía, ¡era una princesa! Hasta yo me impresione de verla así, tan radiante, bella por fuera y bella por dentro.

Los ojos de Giulio, quedaron prendidos de tanta belleza y sensualidad que no dejaron de mirarla y contemplarla. Quedando literalmente mudo, no pronuncio palabra ninguna ¡ Hasta que le vino el alma al cuerpo! Y reacciono diciéndole:

"¡Bianca, estas bellísima, eres una mujer hermosa, sensual, no tengo palabras como describir tu belleza, porque no solo eres bella por fuera, sino también tu belleza interior, eres una mujer excepcional!" A Bianca, la habían subido a las nubes de porrazo, ahora habría que bajarla de allí.

Giulio, acompañó a Bianca, a entrar al restaurante, dándole el brazo y ella muy fascinada con ese detalle aceptó inmediatamente el cortejo y galanteo de tan impresionante caballero.

La cena transcurrió de lo mejor, tan era así que Bianca, no sé dio cuenta en que momento se había terminado. A Giulio, no le importó que Bianca tuviera empresas o mucho dinero. Para él, lo que más le importaba era conocer los sentimientos de aquella hermosa mujer. Lo mismo quería Bianca, conocer mucho mejor a Giulio.

A Bianca se le veía muy feliz. La cena no acabó allí, pasaron a un salón pequeño más privado, a tomar un delicioso café con un exquisito postre y vino. Fue allí precisamente donde empezó una historia totalmente diferente.

¡Bianca, se había enamorado a primera vista! Lo que ella en muchas oportunidades dijo que nunca lo haría, pues había pasado ¡se había enamorado y a primera vista, de un hombre sensible, seductor y sexy! Una combinación deliciosa! Y Giulio se había enamorado de Bianca, una mujer maravillosa, cupido había hecho un buen trabajo.

Giulio, no dejaba de mirar a Bianca a los ojos, poco a poco se fue acercando hacia ella, hasta besarla apasionadamente, sintiendo ambos un calor que les recorrió el cuerpo entero desde la cabeza hasta los pies, ¡se habían enamorado!

"Bianca, eres una mujer tierna y amorosa, lo puedo sentir en mi corazón," Le decía Giulio. Agarrando la mano de Bianca y besando sus sensuales labios una y otra vez. ¡ Gracias Cupido!

El amor había llegado para la pareja. Había entrado por los poros de sus cuerpos, acomodándose y ubicándose en el corazón de Bianca y Giulio. No cabía duda alguna. Al otro día, Bianca no lo podía creer. ¡Se había enamorado! Y de un hombre maravilloso, sensible con los mejores sentimientos.

"¡Esto es irreal, parece un sueño de amor!" Decía una y otra vez Bianca. Pero no había nada más real que el amor de un hombre y una mujer. Había nacido un romance en; "¡La Costa de Amalfi!"

Desde ese día, Bianca no pensaba en nada que no fuera Giulio. La fuerza del amor los había calado a ambos hasta lo más profundo de su ser, un amor que comenzaba a echar raíces en sus corazones, el cual se convertiría en el protagonista principal de sus vidas.

La pareja se iba conociendo cada día más y más. Tenían mucho en común. Bianca estaba encantada con la personalidad de Giulio, un hombre muy maduro, responsable y con un gran sentido del humor.

Giulio y Bianca, se veían a diario, estaban los dos en el mismo hotel, ella de huésped y él por trabajo. "¿El amor, esperó a Bianca en Amalfi o Bianca fue en busca de el amor?" De cualquier forma, ¡ Bianca encontró el amor en el sur de Italia!

"Una preciosa noche de luna llena, con un cielo estrellado, una brisa salada, un mar agitado por el vaivén de sus aguas, pero a la vez tranquilo por la serenidad de aquel paisaje hipnotizador, fue el escenario de una noche de amor, en las playas de Amalfi"

Fue lo que escribió Bianca en su diario. Ella describió esa noche como la más excitante que había tenido en mucho tiempo,disfrutando del momento más inolvidable que hubiera imaginado en su vida.

¿Cómo llegó esa información del diario personal y privado de Bianca a mis manos? Bueno, yo hice una pequeña travesura. Lo hice por amor a ustedes, para que se den cuenta como nace el amor grande entre una pareja, lleno de sentimientos, pasión y deseo.

Así, describió Bianca aquella noche:

"Llegamos a la playa, vestidos con ropas muy ligeras, llevábamos ropa de lino, el clima estaba de lo mejor soplaba una brisa deliciosa, nuestros cuerpos comenzaron a sentirse calientes de pasión, nos acostamos en la arena, entre besos y cariseas, Giulio se quitó la camisa, su torso tostado por el sol me excitaba de una forma impulsiva, deseaba tocarlo y besarlo, solo quería amarlo con todas mis fuerzas. Mientras Giulio me besaba y acariciaba intensamente al mismo tiempo iba desvistiéndome, quitándome la ropa, hasta quedar casi desnuda, él tocaba mis pechos, los cuales estaban encendidos de deseo, como tomándose el tiempo para disfrutar de mi cuerpo, me tocaba muy suavemente, mirándome a los ojos y besándome con mucho amor, diciéndome que me deseaba, yo solo quería amarlo con toda la fuerza de mi ser. Nuestros cuerpos quedaron desnudos, pero cubiertos de puro amor, placer, pasión y deseo.

"¡Podía sentir su piel pegada a la mía, sus latidos uno a uno de su corazón, sus besos recorrieron todo mi cuerpo, al igual que yo besaba cada centímetro del suyo, la pasión y el deseo no daban tregua, eran incontrolables, totalmente subliminal!

"Quedamos tendidos en la arena, dos cuerpos desnudos mojados de pasión y amor donde solo sentíamos necesidad de acercarnos el uno al otro y así despacio lo fuimos haciendo hasta quedar entrelazados. Era el momento donde dos personas se convierten en una sola, estaba convencida que era amor puro, porque subir al cielo y bajar, con la persona que amas y deseas solo puede ser amor. Nuestros cuerpos quedaron cansados, agotados, pero felices de saber que habíamos llegado a experimentar el mejor de los momentos, una entrega total, sin esconder nada, porque ante un amor así como el de nosotros, no se esconde nada por el contrario se desnudan todos los sentimientos así como los deseos.

" Fue un momento de amor tan dulce, ¡como el chocolate que estaba a punto de poner Giulio en mi boca! Sentir ese placer afrodisíaco que tiene el chocolate y que poco a poco se iba consumiendo en mi boca, con ese mismo placer yo había amado a Giulio, una y otra vez aquí en la playa de Amalfi,. ¡Una noche romántica de arena, chocolate y amor! "Giulio, era tan romántico y caballero, que hasta para vestirme lo hacia con cuidado y mucho amor, sus manos varoniles rozaban mi cuerpo con mucha delicadeza y ternura, entre besos y cariseas nos fuimos vistiendo sin dejar que nuestros labios se pierdan en el horizonte de aquel bello paisaje. El suave oleaje del mar fue el único testigo de esa noche de amor.

"¡Amanecimos en las orillas de la playa, totalmente ebrios de amor! Recuerdo que, Giulio debía ir a trabajar ese día. Rápidamente dimos un brinco y caminamos hacia el hotel, no sin antes despedirnos de aquella hermosa playa, donde habíamos vivido el momento más intenso de entrega total.

"¡Nos habíamos enamorado! ¡Nos habíamos entregado en cuerpo y alma, nos amábamos! Queríamos gritarlo a los cuatro vientos, pero decidimos tomar las cosas con calma."

Esa fue una de las tantas maravillosas cartas de amor, que guardaba Bianca muy celosamente en su diario personal. Tenia muchas otras, pero con una basta y sobra. ¿Verdad? Me puedo imaginar lo que están pensando, pero no leeré ninguna otra más.

Bianca, se había enamorado hasta los tuétanos de aquel bello napolitano al igual que Giulio de la preciosa florentina.¡ Qué felicidad ver a Bianca enamorada y saber que su amor era totalmente correspondido! Ella pensó en un principio que su corazón ya no amaría más, pero lo mejor de su vida estaba por venir.

Los encuentros de amor entre ellos, eran llenos de pasión, deseo y entrega total. Se entendían a las mil maravillas. ¿Qué más podían pedir los enamorados? Lo tenían todo, amor, juventud, un futuro prometedor, se amaban de día, se amaban de noche, es decir las veinticuatro horas del día eran poco para ellos. El amor, es un sentimiento maravilloso y mágico a la vez, no me cansare de repetirlo.

Pero había algo que Bianca se estaba olvidando, tenia que regresar a Florencia, no me gusta ser agua fiestas, pero solo le quedaba unos días más en la Costa de Amalfi. ¡Tenia que disfrutarlos!

Giulio, estaba más que feliz. ¡Había encontrado a la mujer de su vida! Y Bianca ni decir, mayor felicidad que esa, imposible. Ella, tomó la decisión de quedarse una semana más en Amalfi, no podía dejar ese amor así derepente, tenia que ver la forma de convencer a Giulio que viaje con ella. Yo, personalmente lo veía un poco difícil.

A Giulio, no le hacia mucha gracia mudarse para el norte, puesto que toda su familia residía en el sur y para él su familia era muy importante. Por supuesto que ahora estaba Bianca en su vida y ella también era muy importante. El amor, lo supera todo, no hay barreras para el corazón. Yo esperaba que así fuera.

Nunca antes había visto a Bianca tan enamorada. Ella, hasta podría pensar cambiar de residencia, ¡el norte por el sur! ¡Todo por el amor! Esa idea estaría algo descabellada, puesto que Bianca tenia tremenda responsabilidad por los negocios de la familia, así que ella, decidió poner el amor en segundo plano, con todo el dolor de su corazón y regresar a Florencia, con todas sus responsabilidades, ¡pero sin Giulio, sin el amor de su vida!

La fecha de regreso de Bianca se acercaba muy rápidamente y las cosas en la empresa se habían congestionado, porque al parecer su padre deseaba hacer algunos cambios en las oficinas y necesitaba que su hija regrese con urgencia.

Bianca, tuvo una conversación muy seria con su adorado Giulio, llegando a un acuerdo. En esa oportunidad, ella regresaría sola a Florencia, con la promesa que Giulio muy pronto la visitaría en su casa de Scandicci. A Bianca no le quedo otra cosa que aceptar, no era de su entero agrado dejar a su amor en el sur pero trabajo era trabajo.

Bianca partió con mucha tristeza de Amalfi. Ella sentía que viajaba con solo la mitad de su corazón, la otra mitad se había quedado en Napoles. En el viaje de regreso Bianca iba pensando muchas cosas y se preguntaba si todo lo que había vivido en Amalfi seria verdad. Por supuesto que era verdad y tan real como su propio nombre, ¡ Bianca Bertollinni!

Ya en casa, en Scandicci, sus padres la esperaban ansiosos, ellos querían que Bianca empiece con su relato amoroso, ellos querían saberlo todo, por supuesto que Bianca les había adelantado algo cuando se encontraba en Amalfi, pero obviamente sus padres querían saber la historia completa y Bianca se la contaría, casi completa....

¡Sus padres estaban contentos y felices! Porque, Bianca había llegado diferente, ¡enamorada de un napolitano! Su hija irradiaba felicidad a montones. Lo único que a sus padres les preocupaba un poco era el enamoramiento tan rápido de Bianca y tenían miedo que fuera sólo una ilusión más de su adorada hija. ¡Pero esta vez, los Bertollinni, estaban completamente equivocados!

Bianca, se comunicaba todos los días con su adorado Giulio, hasta dos veces al día, por Internet, por teléfono, todo tipo de comunicación era poco para la pareja, estaban tan enamorados que ni bien Bianca partió de Amalfi, Giulio ya la extrañaba.

¡En casa de los Bertollinni, volvía a reinar el amor! Me refiero al amor de Bianca y Giulio, porque allí siempre hubo amor y mucho. Sus padres celebraron la felicidad de Bianca, pero no les parecía muy buena la idea de que su hija se vaya a vivir al sur, dejando todo lo que había conseguido, atrás.

Bianca había conversado con su padre de la posibilidad de llevar parte de las empresas a Napoles, a decir verdad la idea de expandirse al sur no estaba del todo mal. Sus padres estaban un poco incrédulos que Bianca podría administrar los negocios desde Napoles, no porque no sea capaz de hacerlo, nada de eso, sino, por el modo de vida que llevaba en el norte. Pero había algo más fuerte que todo eso. Tenia nombre y apellido, ¡ Giulio Venturini!

Vamos a decir las cosas por su nombre. Sus padres tenían mucha razón. ¿Qué pasaría si el romance de Bianca y Giulio llegase a ser una ilusión pasajera, nada más? Bianca al final se podría quedar sin nada. Sin parte de la empresa que trasladó al sur y sin novio que seria lo peor. Un dolor muy grande en el corazón de la pobre Bianca. El temor de sus padres tenia fundamento, pero por otro lado su hija se había enamorado y muchas veces cuando el corazón manda no hay poder que lo haga cambiar de idea.

Conforme iban pasando los días Bianca extrañaba a Giulio y Giulio a Bianca, ¡no había nada que hacer el amor había llegado y de que manera! Ella, por su parte no dejaría pasar esa oportunidad que la vida le estaba dando, muy a lo contrario, la agarraría con uñas y dientes. Bianca deseaba ser amada y dar amor, ¡ así de simple!

Hacia, ya un mes desde que Bianca había regresado de la Costa de Amalfi. Indudablemente, habían sido sus mejores vacaciones, ¡fue por descanso y encontró el amor! ¡Qué suerte la de mi Bianca! Pero ella, como cualquier mujer enamorada, no resistió, el no poder ver, tocar, acariciar y amar a Giulio. El amor le había pegado fuerte. ¡Al extremo, de querer regresar otra vez a Napoles!

Bianca, había probado el verdadero amor y no podía seguir viviendo un día más sin ver a su Giulio, por lo que pensó darle una sorpresa. Así que alistó maletas y emprendió el viaje. Sus padres no lo podían creer, ¡ Bianca yendo tras un hombre! Pero tan cierto como el día y la noche. Su bella hija estaba enamorada de verdad y ella era de las que lo entregan todo por amor. Eso les preocupaba a sus padres. Pero no había porque preocuparse tanto.

Al llegar, Bianca a Amalfi, fue directamente al hotel donde Giulio trabajaba. Se hospedó allí obviamente. Y esperó que sean las cinco de la tarde, hora en que Giulio, terminaría de trabajar. Por lo general él nunca salía puntual. Como buen administrador responsable se quedaba más de la hora de trabajo. En esa ocasión, en particular, Giulio, salió un poquito más temprano y Bianca no pudo encontrarlo.

Bianca, conocía perfectamente el departamento de Giulio, por lo que se dirigió inmediatamente allí, pero para la sorpresa de ella, él no se encontraba tampoco en su departamento.

Bianca no quiso llamarlo por teléfono porque quería darle una sorpresa. Así que decidió esperarlo. Bianca llevaba una botella de vino y unos bocaditos. ¡No piensen mal, Giulio no estaba con otra!

Ya pasadas las ocho de la noche, apareció Giulio. Él, se quedó pasmado, parecía que había visto un fantasma, no lo podía creer, era Bianca, ¡su gran amor! Giulio se apresuró a abrazarla, besarla, tan fuertemente que casi rompe a la pobre Bianca en dos, parecía que no se habían visto por años, el amor había llegado y para quedarse. ¡Eran la pareja ideal! Se podía sentir y ver, que era un amor por el cual, si valía la pena hacer de todo por conservarlo.

Giulio, le dijo a Bianca, mirándole a los ojos:

"¡Si tuviera que ir a verte a Scandicci, en caballo galopando lo haría, por ti hago cualquier cosa, te imaginas yo en un caballo blanco, llegar a tu casa, raptarte, solo para amarte!" Giulio si que era romántico. ¡Amor a la napolitana!

"¡Si, me puedo imaginar, que tu harías eso y más por mi, lo siento aquí en mi corazón, galoparías a toda prisa, buscando un lugar para amarnos, las estrellas iluminarían nuestro camino y tendidos en la hierba fresca, nos amaríamos como dos locos enamorados, la luna seria nuestra cómplice, porque el amor no espera!"

"¡Bianca, amore mio! ¡No sabia que tenias el don de la poesía, me encantó!" Le decía Giulio a Bianca, sorprendido por la linda improvisación de su adorada.

"¡El amor hace que me vuelva poeta!" Contestaba Bianca,

Después de la gran alegría que tuvieron ambos por el reencuentro, Giulio invitó a Bianca a pasar a su casa.

Inmediatamente, Giulio se fue a dar un baño, todo el día en el trabajo, tenia que relajarse un poco y un baño aunque fuese rápido le sentaría muy bien. Mientras Bianca preparaba la mesa con el vino y los bocaditos que había llevado.

Bianca, se sentó en un sillón muy cómodo y se puso a leer un interesante libro, mientras esperaba a su amado que saliera de la ducha. Cuando Giulio salió de la ducha, Bianca corrió hacia él, lo abrazó y entre besos y seducción, el amor se convertía en el protagonista del encuentro. Se amaron con mucha pasión, sus cuerpos calientes se compenetraban disfrutando del momento más maravilloso que pudieran tener, que es el contacto entre dos amantes, dándolo todo, no quedarse con nada.

Pasaron toda la noche juntos. Tomando vino y comiendo. El postre no podía faltar, ¡el riquísimo chocolate italiano! Giulio se lo ponía a Bianca en la boca para que su adorada lo saboree poco a poco, hasta que no quedara nada. Después de hacer el amor, no había nada mas delicioso y placentero para la bella Bianca, que un buen chocolate en la boca y eso lo sabia Giulio, perfectamente. ¡Qué placeres los de Bianca! ¿Verdad?

"¡Giulio, amore mio, me gustaría que me visites en Florencia!"

"¡Claro que si, mi tesoro, iré muy pronto a conocer a tu familia y a la bella ciudad de Florencia, una promesa, es una promesa!"

"¡Está ves te toca viajar a ti!" Le decía, Bianca a su amore.

¡Iré y te llevare una sorpresa!" Contesto, Giulio, besando a Bianca en la boca y abrazándola muy fuerte.

No había duda, se comprendían a las mil maravillas. No había visto así de enamorada a Bianca por mucho tiempo. Yo estaba feliz por ella, parecía que al fin conseguirá lo que tanto ha venido buscando. Estaba segura que esa relación si funcionaria.

Bianca regresaba al día siguiente a Scandicci, Florencia. Aunque fue un viaje muy corto lo disfrutó y comprobó una vez más que su corazón estaba allí en Amalfi y que le pertenecía al mejor hombre de todo el sur de Italia, Giulio Venturini.

De vuelta en su ciudad, muy enamorada y feliz, Bianca sentía que algo le faltaba, ya no podía vivir sin él, ¡se había enamorado hasta los huesos! ¡Cómo se había enamorado nuestra querida Bianca!

"¡Babbo, Mamma, les tengo una noticia!" Muy pronto vendrá Giulio a visitarme, ¡ por fin conocerán al hombre que me ha robado el corazón! ¿No es fantástico?"

"¡Querida Bianca, la mejor noticia que hemos recibido desde hace mucho tiempo, estaremos encantados de conocer a Giulio, debe ser un hombre muy especial, porque desde que lo has conocido solo son palabras de amor para él.!" Le decía su madre Elisabetta.

"¡ Así es! Pronto conocerán al gran amor de mi vida."

"¡Si tu eres feliz, nosotros también lo somos cariño, te amamos!" Contestaron los padre de Bianca.

Sus padres quedaron muy complacidos y contentos con la noticia que Bianca les había dado. Por fin conocerían al hombre que literalmente le había robado el corazón a su hija. Tantas maravillas había contado Bianca de Giulio, que lo único que estaban esperando era conocer al amor de su hija, en persona.

Por otra parte, Giulio, pertenecía a una familia que no era pequeña ni grande, tres hermanos varones, su madre y su padre. Ninguno de sus hermanos se había casado aun, estaban solteros.

Los Venturini eran personas comunes y corrientes. Trabajaron toda su vida para mantener a su familia, enseñándoles valores a sus hijos, buenas costumbres y hacerlos hombres de verdad.

No sólo a procrear, sino también, a proteger y proveer a sus respectivas familias. Yo diría que aquí están las tres "ps" más importantes, para tener una familia bien fortalecida y con valores, sin ellos, las familias crecen sin ninguna linea que seguir. Giulio provenía de una gran familia, donde reinaba el amor y la comprensión.

Una familia muy unida, una de las razones por las que Giulio nunca hubiese pensado dejar a sus padres y hermanos. Aunque él tenía su apartamento propio, siempre los visitaba y estaba pendiente si algo les faltaba. Indudablemente un buen hijo, un buen hermano, un buen amigo. ¡No cabía duda que seria un buen marido!

Los Venturini, se juntaban los domingos en la casa familiar pasaban largas horas conversando y saboreando las delicias que la Mamma, preparaba. Se podría decir que era el perfecto domingo.

Bianca había nacido en cuna de oro, como se dice. Pero con un corazón de oro también. No soy de las que determinan a las personas por el dinero, para mi, son otras cosas las que cuentan; los sentimientos, los valores, las costumbres, la educación, etcétera.

Giulio, era un hombre muy trabajador, un hombre que se había hecho sólo a base de estudio, trabajo, esfuerzo y con muchos valores, un caballero y con una sencillez que lo hacia más atractivo aún, sin dejar de nombrar su físico. "Un bello Uomo."

Bianca no se equivoco cuando tomo el vuelo hacia el sur. Se veían venir nuevos horizontes. Las dos familias se tenían que conocer, era importante el encuentro. Las familias del norte y las familias del sur. Diferentes costumbres, diferentes clases, pero había algo en común, el amor que se tenían sus hijos, cupido había tirado un gran flechazo, directo en el corazón de Giulio y Bianca.

****

NAPOLES

¡La tierra natal de Giulio Venturini! De gente muy alegre, atenta, amigable! Sobre todo con mucho calor humano.

Napoles, tiene una gastronomía espectacular. Cada pizza una historia y es cierto. Se crearon una gran variedad de pizzas, la ultima vez que la Reina Margarita visitó Napoles, inmediatamente después que se fue, salió la pizza Margarita, increíble pero cierto.

El limoncello o licor de limón, es muy típico de Sorrento siendo extremadamente delicioso, tomado ya sea en bebida fresca o con un poquito de hielo.

Los Napolitanos son muy supersticiosos, para protegerse del mal de ojo o la envidia, usan el peperonccino o ají de color rojo, ellos dicen que les aleja la mala vibra.

Las ruinas de Pompeya, muy conocidas y dignas de visitarlas, se encuentran a las faldas de volcán Vesubio, el cual erupcionó en el año 79 d.C. tapando de cenizas toda la ciudad de Pompeya.

LOS VENTURINI

Habían pasado tres meses desde que Bianca y Giulio se habían conocido. Si hubiera sido por Bianca, ella habría ido a visitarlo todos los días, ganas no le faltaban, aunque lo visitaba con frecuencia, no era lo mismo. Giulio, le había prometido ir a visitarla en cuanto tenga un tiempo disponible, había mucho trabajo en el hotel y Giulio era pieza clave como administrador. Un buen día, muy temprano, Bianca no pudo más y telefoneo a su adorado Giulio:

"¿Amore mio, cuando vienes a visitarme? Tu me lo prometiste, yo sé que tienes mucho trabajo, pero tienes que venir o me moriré de la tristeza, te extraño muchísimo, no puedo vivir sin verte."

"¡ No te pongas triste amore! No me he olvidado de la promesa que te hice, jamas lo haría. Estoy preparando mi viaje, quiero dejar todo arreglado para pasar los mejores días de mi vida contigo. Yo también te extraño y no te imaginas como. ¡Pronto estaré en Florencia. "¡Ti voglio bene assai!"

Se podía ver que Giulio, tenia toda la intención de viajar a la ciudad de Florencia, a la comunidad de Scanducci, donde vivía Bianca quería complacerla y que ella estuviera contenta y feliz.

Para él no había ningún problema con el viaje al norte por el contrario lo deseaba con toda su alma. Además, deseaba conocer a la familia de Bianca, eso era muy importante para él.

Los Venturini, se dedicaron casi toda su vida a cultivar la tierra, la conocían muy bien, así también, como los abuelos de Giulio. La familia Venturini, tenían muy buena mano para el cultivo, todo lo que cultivaban les daba, las cosechas eran de lo mejor. Llegándose a convertir en los mejores cultivadores y cosechadores de la región, Papa Venturini estaba feliz con los logros de su familia.

Los Venturini, empezaron abriendo un pequeña panadería y poco a poco la fueron agrandando hasta llegar a tener una gran "salumeria" (una tienda grande muy bien surtida) el negocio de los Venturini tenía de todo y de una calidad superior. Desde, pan, pizzas, pastelitos, pastas, vinos, carnes, vegetales, es decir no faltaba nada, y por supuesto no podían faltar las delicias que preparaba la señora Venturini a diario porque todo era del día, muy fresco y delicioso.

Ellos, los Venturini, tenían los mejores arboles frutales, las frutas eran de primera calidad al igual que los vegetales también crecían de maravilla, los había de toda clase y variedad. Sus cosechas no solo eran las mejores del pueblo, sino también de toda la región. La madre de Giulio solía decirles a sus hijos, "a cuidar la tierra con amor que de ella comemos!" ¡Como quien dice, los Venturini tenían la mejor mesa puesta de todo Napoles!

Bianca no podía esperar más tiempo para conocer a su futura familia, así los consideraba ella. La familia Venturini pertenecía al sur de Italia. Una familia muy amorosa, muy trabajadora, muy unida y con muchos valores. No había nada que hacer, los Venturini habían hecho un buen trabajo. Habían creado una hermosa familia, con fuertes lazos en el corazón y con mucho sentido de lo que era la vida.

La madre de Giulio, preparaba las mas ricas pizzas del pueblo. La señora Venturini le gustaba mucho cocinar y cuando descubrió que ese seria su lado fuerte se intereso por todo lo que estaba hecho con harina. Ella, una linda señora de un carácter envidiable y muy amorosa, se dedicó a preparar los más ricos potajes, tenia tanto ingenio, porque para la cocina hay que tener ingenio, más que otra cosa, y ella lo tenia a cantidades.

La señora Venturin, aprendió rápidamente a preparar la mejor masa para el pan, "la Mamma," había aprendido eso y mucho más de sus padres, o sea de los abuelos de Giulio. Preparaba pan de diferentes sabores y de que aromas. Cuando horneaba el pan, toda la cuadra de su barrio lo sabia. Los vecinos se aproximaban a comprar el delicioso pan que la señora Venturini había horneado. Los hacia de pimientos, acelgas, cebollas, hierbas aromáticas, ajo, etcétera. De allí nació también la idea de poner un negocio de panadería.

¡ De contarles todas esas delicias que se preparaban allí donde "la Mamma" me han entrado unas ganas tremendas de comer pan recién salido del horno! El pan de aceitunas era mi perdición."¿Quién no quiere meterse a la boca un pedazo de pan recién salido del horno, calentito, con un aroma y sabor inigualable?" ¡Todos nosotros!

Recuerdo que una tarde, Giulio le contaba a Bianca de las maravillas que su madre preparaba y horneaba, cuando en ese momento, Bianca le dijo; "¡El aroma de pan fresco recién horneado me vuelve loca de pasión!"

"¡ Amore,! ¿Dijiste pasión?" Contesto Giulio.

"¡ Si, pero por el pan, nada más!"

Bianca tenia un sentido del humor muy bueno, una de las cosas que le gustó a Giulio de ella. Porque Bianca sabia conllevar la vida de la mejor manera. Muy inteligente para pensar y actuar así.

Continuando con los Venturini. Así fueron pasando los años e iban creciendo como familia al igual que el negocio crecía también. Los Venturini trabajaron muy fuerte, para ampliar el negocio poniéndole alma, corazón, vida y lo consiguieron con su gran esfuerzo. Una familia triunfadora y exitosa en todo aspecto.

Los Venturini siempre tuvieron la idea que sus tres hijos varones se casaran y tuvieran familia. Ellos querían ampliar el circulo familiar, les encantaba las grandes familias, llenar la mesa de su casa no solo con comida sino también con alegría, y felicidad. Ellos todavía no tenían la dicha de tener nietos. ¡Me imagino el día que Bianca y Giulio se convirtiesen en papas y los Venturini en abuelos! ¡Para verlo sentada y en primer fila!

Nuestra Bianca estaba super enamorada, ilusionada, estaba decidida a ser feliz y pelearía con todo y contra todo por ese amor. Cuando Bianca amaba lo hacia con intensidad y mucha fuerza.

En casa de los Bertollinni, todo era alegría, no era para menos, la bella Bianca, estaba enamorada, feliz, y lo que era mejor,

¡correspondida! Está noticia había conmovido indudablemente a su padre, Marcello, adoraba a su hija y quería lo mejor para ella.

Se podía ver los buenos sentimientos que tenia Giulio. Un hombre sensible, preocupado por el bienestar de sus padres y hermanos, responsable de sus actos, eso era muy importante para Bianca, significaba mucho para ella, la amaría, respetaría y protegería casi el hombre perfecto.

Bianca, deseaba conocer a su futura familia, lo más antes posible ella había tomado muy en serio esa relación, a pesar que no llevaban mucho tiempo de enamoramiento, me hacia suponer que le estaba comenzando a rondar la idea de un compromiso que podría acabar en matrimonio. Cuando dos personas se aman con la fuerza que ellos lo hacían todo podía ser posible.

Giulio, era un hombre experimentado, todos sus progresos se los había ganado a base de trabajo y perseverancia, era maduro para su edad, sabia a donde iba y que quería en la vida. Sin duda alguna seria un buen marido.

Bianca encontraría seguridad y respaldo al lado de él, eso de seguro. ¡Bianca había encontrado al hombre ideal! "¿Quién dijo que ya no existían ese tipo de hombres?" ¡Por supuesto que si! Y si a todo eso, le agregábamos lo guapo que era Giulio, el paquete estaría completo. *¡ ¿Cuál paquete María Sofía?! ¡ Habla con propiedad, no cambias!*

No se podía esperar más. Los del norte querían conocer a los del sur y los del sur a los del norte, pues habría llegado el momento esperado por muchos. ¡No faltaba más! Se comenzarían hacer preparativos para el gran día, Bianca no podía estar más feliz.

Inmediatamente Bianca se puso en contacto con Giulio y así empezó la tarea de traer a todos los Venturini al norte. ¡Tanto los Venturini como los Bertollinni estaban felices!

¡Por fin veían llegar el gran día! Los padres de Giulio prepararon de todo, para el viaje, desde vegetales y frutas de su propia cosecha, carnes de su ganado, pan de la mejor harina, es decir de todo, para conocer a los Bertollinni.

Los Venturini, eran gente muy sencilla, trabajadores y muy educados pero con un corazón tan grande como el de su querido Napoles, comenzaron a querer a Bianca sin haberla conocida aun.

Por otra parte los Bertollinni en su hermosa casa de Florencia preparaban las mejores recamaras para toda la familia, con los mejores juegos de sabanas y cubrecamas, así como cortinas y alfombras para los dormitorios. Ellos, Marcello y Elisabetta pusieron todo su esmero, querían que los padres y hermanos del novio de su hija, se sintieran como en casa, definitivamente así seria, no podía ser para menos. Los Bertollinni, siempre fueron muy hospitalarios y muy buenos anfitriones. ¡Y esa era una visita muy especial!

La llegada de la familia Venturini sería dentro de dos días. Bianca estaba un poquito nerviosa porque no sabia como se desencadenaría el encuentro con su futura suegra. Dicen que las suegras no quieren a las nueras. "¿Un mito o realidad?"

Giulio, era el hijo mayor de la familia y muchas veces los padres ponen todo tipo de esperanza en el primogénito, así como en el caso de Bianca, que sus padres también pusieron esperanza en ella. ¡Qué casualidad, los dos eran primogénitos!

Un día antes del gran encuentro, los padres de Bianca, tuvieron una conversación con su hija, tenían ciertas inquietudes y era mejor hablarlas, siempre había existido entre ellos muy buena comunicación, esa ocasión no seria la excepción.

Todo preparativo era poco, los Bertollinni, querían que su hija se sienta feliz y contenta en ese día tan especial para ambas familias, pero mucho más para Bianca. Se lo merecía, siempre había sido una mujer muy trabajadora y lo único que ella quería era encontrar el amor, ¡al parecer lo había encontrado!

Recuerdo que la noche anterior Bianca no pudo dormir de la ansiedad que tenia. No era para menos, muchas cosas colgaban de aquella visita. Pero el cansancio era tan grande que por fin se quedó dormida. Durmió como un bebé. Despertándose al otro día, llena de energía positiva, justo lo que necesitaba.

Muy temprano por la mañana, la residencia se convirtió en un ir y venir. ¡Todo, casi todo, estaba listo para el gran recibimiento! Bianca tuvo una pequeña conversación con su madre y le preguntó.

" Mamma, ¿qué pensaran ellos, la familia Venturini, de mi?"

" ¿Porqué lo preguntas con esa preocupación, hija?"

"Tengo un pensamiento que me tiene un poco ansiosa; muchas veces se piensa que la gente con mucho dinero como nosotros, es frívola y no llegan a amar con el corazón."

"¡Qué cosas dices hija! Se puede ver a leguas que tu amor por él es inmenso, nunca te había visto así de enamorada y no es ningún capricho, es amor de verdad, sacate esos pensamientos retrógrados de tu mente, son tus nervios y tus ansias, nada más, no saquemos conjeturas antes de tiempo, yo tengo la seguridad que los Venturini son unas excelentes personas!"

Elisabetta, siempre fue una mujer inteligente, sabia de lo que estaba hablando. Abrazó a su hija y le dio un beso en la frente diciéndole que la amaba con todo su corazón.

Eran las doce del día, Giulio, llamó por teléfono a Bianca y le dijo que estaban cerca a Florencia, que tal vez en treinta o cuarenta minutos más estarían llegando a Scandicci. Los Bertollinni estaban listos, para recibirlos.

La espera se hacia larga, los minutos parecían largas horas, había que seguir esperando. ¡Hasta que por fin llegaron los Venturini! Giulio, fue el primero en bajar del auto que la familia había rentado en Florencia, el viaje desde Napoles a Florencia lo habían hecho en tren, por la rapidez en que se viaja y la comodidad.

Giulio, se apresuró rápidamente hacia Bianca ¡por fin estaban uno frente al otro y en Florencia! Se besaron y abrazaron. Parecía que no se habían visto por años, sus padres inmediatamente se dieron cuenta del inmenso amor que se tenia la pareja. Ahora podían confirmar con sus propios ojos que todo lo que su hija les había contado sobre Giulio, era verdad.

Una vez que toda la familia Venturini, descendió del auto, es allí que comenzaron las presentaciones. La primera impresión de la madre de Bianca, fue la misma que tuvo la madre de Giulio, ¡muy buena! Había una energía muy positiva entre ambas familias, hasta parecía que ya se conocían de alguna parte. Todo fue alegría y felicidad, Bianca y Giulio, felices por ese primer encuentro.

Las dos familias se acomodaron en uno de los salones de la villa. Por un momento se sintió un silencio, no habría pasado ni un segundo ¡cuando de pronto! El padre de Giulio, lo rompió diciendo;

"¡Qué felices estamos todos de estar aquí, en su preciosa casa, quiero agradecer la invitación y la bienvenida tan cordial que ustedes la familia Bertollinni nos han brindado a mi familia y a mi, muchas gracias.!" En ese momento se rompió cualquier hielo que hubiera habido y todos comenzaron a platicar. Giulio le dijo a los padres de Bianca que estaba muy enamorado de su hija y la quería más que a su propia vida. El amor le salia a Giulio hasta por los poros.

Los padres de Giulio, quedaron sorprendidos con la naturalidad y la belleza de Bianca, felicitaron a sus padres por su bella hija y su querido hijo Giulio, por tener tan linda novia.

Papa Marcello siempre había estado orgulloso de su hija, pero con esas palabras tan sinceras y lindas de parte de los padres de Giulio, los Venturini, ya se podían considerar amigos de Marcello.

Las madres de ambos novios, se comenzaban a conocer. Para nada se sintieron incómodos los Venturini, al ver tanto lujo y confort en casa de Bianca. Muy a lo contrario, se sentían como en casa, era el cariño lo que contaba y el recibimiento fue de lo mejor. Todo eso ayudó a la familia Venturini a ponerse más cómodos y a sentirse como en familia. Ya ese era un buen signo.

No se dejaron esperar los abrazos y felicitaciones. Los comentarios de todo tipo, sobre todo de lo linda que les parecía la residencia de los Bertollinni, sus hermosos jardines adornados con las más lindas flores, recuerden que la madre de Bianca le fascinaban las flores y la jardinería. ¡Elisabetta, no podía estar más qué feliz!

Los Venturini, hacían entrega de los regalos que habían traído con mucho cariño a los Bertollinni, los cuales quedaron muy agradecidos con las delicias del sur, frutas, pan, carnes, manjares y delicatessen que había preparado la madre de Giulio. Por otro lado, Bianca, había sido del completo agrado de toda la familia Venturini.

La pareja había sido aceptada con todo cariño por ambas familias. Bianca, seria la novia indicada para Giulio y Giulio, seria el perfecto novio para Bianca. Pero, ¡porqué digo perfecto si la perfección no existe, no sé porque tengo la mala costumbre de poner perfección a todo! *"¡Ay, María Sofía, no cambias, ni muerta!"*

Los padres de Bianca estaban muy contentos con la llegada de la familia de Giulio. Ahora ellos, los Bertollinni, comprendían porque se enamoraron los muchachos a primera vista. ¡Eran, tal para cual!

Acabados los saludos, entregados los regalos y habiéndose presentados todos, como era natural, los Venturini pasaban a sus respectivas alcobas, entre el viaje y la ansiedad que llevaban, el descanso estaba más que merecido.

El padre de Bianca, tuvo una pequeña charla con su hija, solos los dos, aprovechando la tranquilidad de la tarde, cuando todos los huéspedes se retiraron a tomar el descanso:

"¡Bianca, figlia mía! Estoy más que convencido del gran amor que se tienen ustedes y me da mucho gusto. '¿Has pensado en casarte con Giulio?' Me refiero a que si lo han hablado."

"No lo hemos pensado aun, ¡todo ha pasado tan rápido que hasta yo estoy incrédula que haya encontrado al amor de mi vida! No hemos hablado nada de compromiso y menos de matrimonio, solo sé, que nos amamos muchísimo." Le respondía, Bianca a su padre.

"Lo único que quiero para ti, querida Bianca, es la felicidad completa, te la mereces, tu madre y yo te apoyaremos en cualquier decisión que tomes, siempre estaremos para ti, en lo bueno y lo malo" Le decía Marcello a su hija, abrazándola y dándole un beso.

Al día siguiente, todos los invitados se dirigían al jardín a disfrutar de un fabuloso desayuno, preparado con los más exquisitos manjares, deliciosas frutas, llenando la mesa con una variedad de deliciosos panecillos, mortadelas, quesos, traídos por los Venturini, la mesa estaba divina con flores naturales las cuales despedían un aroma suave y relajante, especial para la mañana.

Bianca, estaba radiante de felicidad, no se lo podía creer, sentada tomando desayuno con su adorado Giulio al lado de ella. ¡Hasta se dio un pellizco para saber que no era un sueño! Las dos familias estaban muy contentas, disfrutando del encuentro, eso dio mucha tranquilidad y felicidad a la feliz pareja.

Había que ver lo bien que se llevaban todos, no había nada que hacer ¡los Bertollinni eran los mejores anfitriones del mundo! Después de comer y saborear el desayuno, Giulio, se puso de pie y con mucho respeto se dirigió a los padres de Bianca diciéndoles:

"Para nosotros, la familia Venturini, ha sido un placer poder compartir esta agradable mesa con ustedes, una linda familia y debo decir que su hija es la mujer más maravillosa que he conocido en toda mi vida y la amo con todo mi corazón." Inmediatamente se acercó a Bianca y tomándole la mano le dijo:

"Bianca, amore mio, ¿te quieres casar conmigo?" ¡Una pregunta que sorprendió a todos los que estaban allí y aquí conmigo, también! Bianca, no terminaba de asimilar lo que acababa de escuchar. Tan pronto recupero los cinco sentidos le contesto a Giulio, así:

"¡Por supuesto que si!"

El si, de Bianca fue tan espontaneo y sincero, que todos los comensales aplaudieron la respuesta de amor. Lo que era la vida, precisamente hablando Bianca la noche anterior con su padre acerca de un posible compromiso y allí mismo se estaba dando.

A los padres de Bianca les encantó que Giulio pidiera a Bianca en matrimonio, así tan espontaneo, nada estaba preparado, sobretodo de esa manera, rodeada de toda su familia. Eso hablaba muy bien de Giulio, un caballero de verdad.

¡No se podía pensar otra cosa, le tocó a Bianca el mejor hombre de la tierra y lo encontró allí, en Napoles, la tierra del amor y la pizza! Yo sí llegue a pensar que Giulio le pediría matrimonio a Bianca, pero nunca creí que fuera así de rápido.

¡No importaba si era amor del sur o del norte, era amor.! Los momentos de romance que vivió la pareja en Scandicci, Florencia fueron muchos, a vista de todo el mundo.

Un amor limpio, un amor sincero, e intenso, no había nada que esconder, por el contrario, una parejita que se comprendían a la perfección, eran tal para cual. El amor de ambos era de ese tipo de amor que cruza todas las barreras, si las hubiera habido. Los Bertollinni y los Venturini, estaban más felices que nunca, de ver a sus hijos enamorados y amándose con verdadera pasión.

Los Venturini, sólo estarían dos o tres días en Florencia, pues ellos, tenían mucho que hacer allá en Napoles, habían dejado el negocio a cargo de sus familiares. Las dos familias estaban encantadas, una con la otra, habían congeniado muy bien, pasearon y conocieron todo los alrededores de la bella Florencia. Disfrutando de tan bellos paisajes. A los Venturini, les encantó esa región del norte.

Antes de marcharse, los Venturini al sur, Bianca tuvo una conversación con la madre de Giulio, en privado. La madre era la matriarca de la familia. Tenia que haber comunicación entre ellas. ¿De qué hablaron? ¡No lo sé! Está vez no pude escuchar nada de nada. ¡Secretos de familia! Tal vez Bianca se anime a contarlo.

Al parecer las dos familias habían pasado los mejores momentos de sus vidas. Llegó la hora de la partida de los Venturini, abrazos y besos por donde quiera, la despedida fue corta pero emotiva de lo contrario Giulio, no tendría forma de irse, ni despegarse de su amore.

Antes de partir, Giulio, le entregó una rosa roja a Bianca pura pasión, diciéndole que el anillo se lo daría después. ¡Ese Giulio, si que era un romántico! Sabia como llegar al corazón de una mujer.

Faltaba lo más importante. ¡El compromiso formal de Giulio y Bianca! Lo que paso esa mañana, en el desayuno, cuando Giulio pidió en matrimonio a Bianca fue algo informal, tenia que formalizarse. Seria dentro de un mes o dos en casa de los Bertollinni. ¡Por supuesto que allí tenia que realizarse, en casa de la novia! Me podía imaginar la fiestecita que prepararían los Bertollinni.

Habría que prepararse para tal acontecimiento, seria maravilloso y lleno de sentimiento. La única heredera de los Bertollinni se comprometería y se casaría. Bianca, era muy importante y querida en la empresa de su padre. Lo que Bianca no sabia, era que pronto su padre le pasaría una buena cantidad de acciones de la empresa, ella se lo había ganado con su trabajo y perseverancia.

Su padre lo había pensado mucho tiempo atrás, pero había querido esperar un tiempo más, porque pensaba que su linda hija se podría enamorar de un hombre poco confiable, poniendo en peligro las acciones de su hija como dueña de la empresa.

Razón no le faltaba a Marcello, pensaba primero que todo en la seguridad de Bianca. Su padre quería para ella un hombre honesto y con valores, pero él también sabia que no todo en la vida era como él hubiera querido que fuera.

Al conocer a Giulio, se dio cuenta que todo lo que él hubiera querido para su hija lo tenia el apuesto napolitano. No había mas que pensar, estaba decidido y empezaría con su plan de nombrar a Bianca, como la nueva accionista de la empresa.

¡Los Venturini, se habían llevado la mejor impresión de los Bertollinni y ni hablar de Bianca! Recién la comenzaban a conocer y ya la querían. Ellos le dijeron a Bianca, que la belleza que tenia por fuera era la misma que llevaba por dentro. ¡Que lindo elogio el que había recibido de sus futuros suegros!

Lo que no logre escuchar fue la conversación entre Bianca y la madre de Giulio, de qué hablarían. Lastima que no pude escuchar nada y eso que yo siempre llevó mis antenas bien alertas. Me imagino que fue una conversación positiva, porque Bianca salio sonriente de la habitación, al extremo que ambas se abrazaron y besaron.

Pasaban los días y los preparativos no se hacían esperar, todo tenia que estar perfecto, Bianca quería la mejor celebración el día de su compromiso con Giulio, ella veía su sueño ya casi hecho realidad.

Bianca había logrado muchas cosas en su vida, como el éxito en su carrera. Tenia la comprensión, cariño y apoyo incondicional de su familia. Enamorada de un hombre maravilloso y que la adoraba.

Creo que lo único que le estaba faltando y lo deseaba con toda su alma era llegar hasta el altar, sentirse una novia, vestirse de blanco. Dar el si a su adorado Giulio y amarlo las veces que ella quisiera, porque ella merecía ser feliz, era una enamorada empedernida y creía ciegamente en el amor.

Sus padres hablaron con ella, querían poner en orden algunas cosas, sobretodo lo relacionado a bienes materiales, había muchos bienes por delante y era deber de su padre hacerlo.

Aunque Giulio, jamas pensó en las cosas materiales de su adorada Bianca, nunca le importó lo relacionado con las empresas, propiedades o cosas por el estilo. Giulio, era un hombre a carta cabal, un trabajador y quería progresar, pero con su propio esfuerzo, así lo conoció Bianca y así continuaría siéndolo.

La conversación con sus padres estuvo muy bien llevada. Los padres de Bianca pusieron sus puntos sobre la mesa, al igual que Bianca, quedando todo arreglado. Los Bertollinni, sabían que clase de persona era Giulio, confiaban en él, por esa parte, Bianca, estaba muy tranquila. Ellos, querían que su hija sea feliz, pero también querían su tranquilidad económica, padres al fin. Los Bertollinni, estaban seguros que así seria y eso trajo tranquilidad a la futura novia.

Bianca, estaba más ocupada que nunca. Asistiendo a cuanta fiesta era invitada, sus queridos amigos ya celebraban de antemano su compromiso, era tan querida, que todo el mundo celebraba su futuro noviazgo y matrimonio con anticipación.

La comunicación con Giulio, era constante, usando todos los medios que estaban a la mano. El amor se podía ver y sentir a leguas de distancia. ¡Los tortolitos se extrañaban y mucho!

Corrían los días, ya faltaba poco para el compromiso oficial de Bianca. La familia Venturini, llegaría pronto y por supuesto se acomodarían en la residencia de los futuros suegros, todos estaban emocionados y muy contentos esperando el gran día.

Mientras tanto, Bianca, trataba de hacer todo lo que podía. Entre esas cosas decidió ir a la iglesia a agradecer a Dios por todas las bendiciones que había recibido. Primero, agradeció por la vida fabulosa de la que había y estaba disfrutando. Siguió, con su familia, agradeciendo por haberle tocado una familia maravillosa, siempre tan cariñosos, comprensibles y sobre todo amorosos. No podía retirarse del recinto sin antes agradecer por haber encontrado el amor, incondicional de Giulio.

Bianca se retiro muy tranquila de la iglesia, siempre que la visitaba salia con mucha paz en su corazón. Lista para continuar con sus proyectos y sueños que no eran pocos. ¡Bianca era una soñadora!

Ya faltaba muy poquito para el día del compromiso. Todos en casa de los Bertollinni estaban un poco nerviosos, era natural, un compromiso de matrimonio era cosa seria. Hasta que por fin, llegó el día esperado. ¡La casa Bertollinni, se volvía a vestir de fiesta!

Los Bertollinni, habían trabajado mucho para tal acontecimiento. Todo había estado muy bien organizado, Bianca había supervisado todo, hasta el más mínimo detalle, había demostrado ser una excelente anfitriona, lo heredó de su madre, Elisabetta y de su abuela, una gran señora aristócrata. ¡Herencia de familia! "Lo que se hereda no se hurta" como reza el dicho.

Giulio, fue el primero en llegar a Florencia, no podía ser de otra manera, Bianca lo recibió, con el amor que sólo una mujer enamorada puede darle a su novio y futuro esposo.

Cuando una pareja esta enamorada así como lo estaban ellos, no había nada que ocultar, muy por el contrario había que demostrarlo, para que el mundo entero, sepa que el amor no se esconde, el amor se muestra tal como es, con sus defectos y sus virtudes y ellos estaban haciendo lo correcto, decirle al mundo que se amaban con pasión y locura, porque el amor es así, espontáneo, libre como los pájaros, que vuelan y hacen nido donde encuentran el calor para amarse.¡Qué bien que me salio este pensamiento, preciso y directo! Terminando de contar esta historia de amor, me graduó de terapista especializada en parejas. ¡Cómo que me llamo María Sofia!

Continuemos con la llegada del novio. Después de la amorosa bienvenida que Bianca le dio a Giulio, él se acercó a su auto de donde sacó unos lindos periquitos, los traía en una jaula de color blanco, Bianca se sorprendió tanto que se quedo muda, no sabia que decir, se aproximó a los bellos periquitos y los besó con una ternura y cariño, que en ese momento Giulio, pensó que había traído a Bianca el regalo correcto. Bianca muy emocionada le pregunto a Giulio:

"¿Cómo supiste que yo tuve unos iguales hace mucho tiempo? Un buen día se escaparon dejando la jaula vaciá y mi corazón también, los quería mucho, desde ese día no tuve mascotas."

"Ese es un secreto, que algún día te lo contare, lo bueno es que ya los tienes de regreso, son para ti, ¡amore!" Le contestaba Giulio, dándole un tierno beso en la mejilla.

¡A Bianca le encantaron! Quedó fascinada con los periquitos. Nunca se imaginó semejante sorpresa. Pero así es la vida, esta llena de sorpresas. Eran hembra y macho. ¡Qué felicidad!

Los periquitos venían en una jaula que el mismo Giulio había diseñado. La jaula era grande, como para que la pareja de periquitos vivieran felices y se puedan amar todo el tiempo que quieran. Fueron todo un espectáculo. Inmediatamente el chófer de la familia Bertollinni los colocó en un lugar especial donde estarían muy bien cuidados. ¡Fueron la sensación del día!

Se podía ver la sencillez de Giulio y su gran sensibilidad por los animales. Algo que conmovió a Bianca aun más. No había nada que hacer. ¡Su futuro novio y esposo, era un sentimental!

La familia de Giulio, estaba por llegar pronto, para unirse al gran festejo, un día muy especial en los corazones de todos, un día lleno de felicidad y amor. Así que, la pareja no perdió tiempo y aprovecharon para estar a solas y sentir los latidos de sus corazones pegados uno al otro. Demostrándole a todo el mundo su gran amor, un amor que crecía más y más cada día.

No sé, si eran cosas mías, pero por momentos tenia la impresión que la parejita, había existido en otra vida y que regresaban a culminar sus sueños de amor. Por supuesto, que yo sabia que Bianca había regresado en busca del amor, el cual lo perdió por cosas del destino, no llegando a cumplir su sueño de matrimonio en su vida anterior.

Me refería a Giulio, pienso que él también podría no haber cumplido con su sueño de amor y regresaría para culminarlo, ahora no me pregunten quien pudiera ser Giulio en la vida pasada, porqué no lo sé. Estas son conjeturas mías, ustedes saquen las suyas propias.

Muchas veces los grandes amores, nunca mueren, regresan de alguna u otra forma. Con un amor tan fuerte como el de Bianca y Giulio, cabía la posibilidad que pudieran haber pertenecido a otra época o plano, me refiero a sus vidas anteriores.

Son amores excepcionales, inigualables, incomparables, amores únicos, amores cíclicos. Capaces de cruzar tiempos, épocas, dimensiones, etcétera. La vida y la muerte son un enigma, que nunca lo terminaremos de entender y comprender. Sé de lo que estoy hablando, desde que pase al plano espiritual, he aprendido muchísimo. Bueno, hasta aquí esta pequeña cátedra, sigamos...............

Volvamos a la casa de los Bertollinni, donde en cualquier momento llegarían los Venturini.

¡La familia de Giulio hacia su entrada a Florencia! Pronto estarían en Scandicci, donde los Bertollinni los estarían esperando con los brazos abiertos y con mucho cariño, una vez más.

Los Venturini habían llevado muchos obsequios. Entre ellos botellas de vinos y de su mejor cosecha. ¡No era para menos se casaba su primogénito! "¡Si hay que celebrar, hay que celebrar a lo grande!" Decían ellos, los padres de Giulio.

¡Llegó el día del compromiso! Las familias ya se encontraban listas para celebrar tan grande acontecimiento. La residencia de los Bertollinni estaba completamente iluminada, por las luces de los salones, pero también iluminada por el amor de la pareja.

Por lo tanto se podía respirar amor por toda la casa y alrededores. La casa estaba hermosa vestida de fiesta. ¡No podía ser de otra forma, la novia era, Bianca Bertollinni!

Las familias se vistieron de gala, Bianca y Giulio se comprometerían oficialmente. ¡Por lo tanto, el matrimonio se veía venir! Los novios habían pedido una recepción pequeña, solo los familiares y amigos más cercanos y así mismo fue.

Los invitados iban llegando y se iban acomodando en el salón principal de la casa, esperando a Bianca, ella no tardaría en aparecer, se estaba dando los últimos toques. ¡Después de cinco minutos apareció la bella Bianca, radiante y feliz!

En ese momento, sin esperar más, Giulio pidió la mano de Bianca, dirigiéndose muy respetuosamente a Marcello y Elisabetta Bertollinni de la siguiente manera:

"Oficialmente, pido a la familia Bertollinni, la mano de su hermosa hija Bianca, la amaré, protegeré, respetaré, toda la vida, porque ella, es el gran amor de mi vida. Cuando la vi por primera vez, sentí en mi corazón un dolor, una opresión, pero de amor. Mi corazón no sé equivoco, desde el primer momento, sentí un amor tan grande por ella que necesitaba decírselo o demostrarlo de alguna manera y lo hice con un apasionado beso. Con el cual iniciamos nuestro romance."

Terminado el saludo y la pedida de mano a los padres de Bianca, Giulio se dirigió a su adorada novia y le dijo:

"¡Amore mio! Bianca, te pido en matrimonio, para amarnos el resto de nuestras vidas. ¿Te quieres casar conmigo?"

"¡Si, amore, quiero casarme contigo!"

El anillo que Giulio regaló a Bianca, fue de un solo diamante, ni grande ni pequeño, hermoso, sencillo pero elegante. Giulio, si que tenia un buen gusto, como no seriá así, se había convertido en el novio de la mujer más bonita de Florencia ¡Qué digo de Florencia, de todo Italia! *"¡ María Sofia tu siempre tan pasionista!"* Era verdad.

En ese momento tan especial, no solo el anillo de Bianca brillaba, sino también, sus ojos, como dos luceros de felicidad. Los novios se abrazaron y se dijeron, que se amaban con todo el corazón.

Bianca, estaba tan emocionada que derramó unas lagrimas de felicidad. ¡Porque había encontrado al amor de su vida! Bianca también le dijo a Giulio que siempre lo amaría y que su corazón le pertenecía por completo.

Qué bellas palabras de amor se habían dicho, la feliz pareja sellaba con un beso muy pasional, el compromiso al matrimonio, los concurrentes a la celebración aplaudieron a los novios, con mucho entusiasmo acompañados de sus mejores deseos, deseándoles mucha felicidad en la nueva etapa de sus vidas.

Los Bertollinni, abrazaron a su hija, muy emocionados, dándole su bendición, ellos deseaban con todo su corazón que Bianca realice su sueño y llegue al altar. Después de haber pasado por un compromiso roto, ella se merecía toda la felicidad del mundo.

Bueno, acabado el discurso de amor, ¡empezaba la celebración y que celebración! Había de todo, no faltaba nada. Comida de la mejor, dulces, vinos, quesos, frutas, exquisiteces, etcétera. Por supuesto, el salón para el baile, ya estaba listo. ¡Música maestro! Así empezaba tan grande celebración, con bombos y platillos.

La casa de los Bertollinni estaba decorada maravillosamente. En los jardines habían colocado unos lindos faroles, los cuales daban un toque de romanticismo a la noche, que ya de por si era bastante romántica. También había una pileta de agua en el centro del jardín, iluminada, no sólo con las luces que traía, sino también iluminada por la luna, no se podía pedir mejor noche para ese gran acontecimiento de amor. ¡Hasta la luna estaba de cómplice! Todos los astros se habían alineado para festejar el compromiso de amor más lindo que yo hubiera visto en todo Italia!

La fiesta empezó con gran alegría, los padres de ambos novios, habían tomado tanto vino y champagne que ya estaban un poco pasadizos de copas. Ellos brindaron por la felicidad de los novios y no se cansaban de repetir; "¡Por la felicidad de Bianca y Giulio! ¡Por la felicidad de los novios! ¡Por la felicidad de nuestros hijos!"

Todos los invitados estaban felices disfrutando de aquella noche maravillosa donde se celebraba el amor. Un amor que llegó para quedarse en los corazones de la feliz pareja.

"Amor, amor, quien pudiera estar enamorado siempre y sentir el calor de la pareja, las caricias, los besos y sobre todo sentir nuestros cuerpos pegados uno al otro, llegando a sentir los latidos de nuestros corazones como si fuéramos una sola persona."

¡No hay nada que hacer, estoy inspirada! ¿Pero quién no puede estar inspirado con tanto amor? Todo eso y más sentían los enamorados de la noche. Bianca estaba a pasos de realizar su sueño.

La celebración llegaba a su fin, ¡había sido todo un éxito! Los novios se casarían en tres meses. Bastante rápido, pues no querían un noviazgo largo. Además Bianca lo quería así, ella, quería casarse. Bianca tenia una prisa por estar en el altar de blanco que algunas veces llegue a pensar que tenia obsesión por el matrimonio.

Ella, deseaba con todo su corazón casarse con Giulio. Pero a la vez tenia como un temor de no llegar a realizar su sueño, un temor escondido, (recordemos que Bianca Rossi murió casi en el altar, así que razones habían y con fundamento)por otro lado, tal vez eran tantas las ganas de casarse que la mente comenzaba a trabajar en contra de ella misma, apareciendo la ansiedad, la cual no es muy buena compañía.

Eso no tenia nada que ver con el inmenso amor que le tenia a Giulio, por el contrario, la hacia más susceptible. Pero ese miedo o temor que sentía Bianca, era sólo miedo de novia. Jamas, Giulio se iría de su lado, la adoraba, la amaba demasiado.

Bianca, estaba feliz, pero ansiosa, no podía ser de otra manera. Inmediatamente, comenzó a organizar su oficina, quería dejar todo arreglado y en perfecto orden antes del gran día. Trabajo era trabajo. "¡ Manos a la obra, se dijo y empezó su tarea!"

Ella, era muy organizada, responsable en cuestión laboral, todo eso jugaba a su favor, porque su trabajo era impecable, pero también en contra, porque si la cosas no estaban como ella quería, muchas veces se volvían a rehacer, es decir, más trabajo. Pero el resultado siempre era positivo. Felizmente contaba con personal especializado y responsable, que la ayudarían en todo, ella quería dejar el trabajo avanzado porque después de la boda, se iría de luna de miel con su esposo y después se mudaría al sur.

Bianca tenia muchas cosas todavía por hacer, como por ejemplo buscar la casa donde la pareja vivirá su sueño de amor y empezarían a formar una familia. Por otro lado, Bianca, tenia pensado abrir una sucursal pequeña de su empresa en Napoles, para probar suerte.

Esa idea todavía no la sabia del todo Giulio, era algo que Bianca lo estaba haciendo y planeando prácticamente sola. Ahora tampoco era nada fácil mudar parte de su empresa al sur, demandaba muchas responsabilidades y trabajo pero si Bianca estaba por dar ese paso, era porque ya lo había pensado y estudiado, eso era más que seguro.

Mientras tanto la pareja se amaba a la distancia, aunque la distancia no importaba, uno al sur y otro al norte. El amor rompía toda barrera, para ser más explicita, para el amor no hay frontera ni tiempo, las cruza todas y con una facilidad, ¡ increíble!

¡Sus padres le regalarían a Bianca la casa de sus sueños y la luna de miel! A la pareja le pareció de muy buena idea viajar en crucero. Todo estaba dicho. ¡Los Bertollinni, comprarían los boletos y regalarían la bolsa de viaje para ambos!

Bianca, estaba feliz porque al fin podría viajar en crucero. Le hacia mucha ilusión, un viaje en el mar, el cual había sido pospuesto varias veces. Porque, en el momento que Bianca, quiso hacer el viaje, la persona, no era la indicada. El destino, lo tiene todo previsto.

La pareja estaba feliz del grandioso regalo que harían los padres de Bianca a los novios. Tendrían la mejor luna de miel. Todavía no se sabia cual seria el regalo de los Venturini, al parecer seria una sorpresa. El matrimonio se celebraría en casa de la novia.

Mientras tanto Giulio, continuaba con su trabajo en la Costa de Amalfi. Giulio sabia que Bianca, no dejaría tan fácilmente Florencia para vivir con él en Napoles.

Por lo tanto, Giulio le sugirió a Bianca, que después del matrimonio, se mudara por un tiempo pequeño a Napoles, hasta que él dejara todo arreglado, en sus oficinas del hotel, para así después trasladarse a trabajar al norte del país, a Florencia, donde comprarían una casa y así comenzarían a formar su propio hogar. La idea de Giulio no estaba del todo mal.

Por otro lado, Bianca ya estaba haciendo planes para ir a vivir a Amalfi. ¡Lo que es la vida! Quería tanto a su novio, que cualquier sacrificio era poco. La sorpresa que se llevaría Giulio, al saber de los preparativos de antemano que ya tenia, su adorada novia, de trasladarse al sur por amor.

A Giulio, se le hacia un poco difícil dejar todo lo que había conseguido allí en Amalfi, pero por amor a su esposa, lo haría. Y Bianca lo sabia perfectamente, nunca haría nada que perjudicara a Giulio tampoco, al contrario ella lo ayudaría en todo lo que pudiera.

Se podía ver que había entendimiento de parte de los dos. Eso es muy importante en una pareja. Negociar.

Los padres de Giulio, decidieron preparar una cena en su casa de Napoles, para toda la familia Bertollinni, antes del matrimonio, lo cual agrado inmensamente a la pareja, ademas ambas familias habían congeniado de lo mejor. Bianca, ya estaba en el corazón de los Venturini. Giulio, estaba feliz con la invitación que sus padres habían hecho a los Bertollinni.

Así que pronto se juntarían ambas familias en Napoles, todos juntos a seguir celebrando a lo grande el compromiso de los muchachos. Es que las celebraciones no terminaban. ¡Sólo que está vez seria en Napoles, donde comer una pizza era lo más placentero que podía haber y acompañado de una copa de vino, lo máximo!

Los Venturini, se pondrían de mantel blanco, ¡se casaba el primogénito! Una celebración de matrimonio, es lo más grande en Italia, la gente celebra mucho las uniones por amor, con el corazón lleno de felicidad, eso trae suerte y mucha dicha a los novios.

¡Napoles, estaba de fiesta! La casa de los Venturini, se llenaría de gente, para celebrar tal acontecimiento, la familia era muy querida en todo Napoles, ademas el novio tenia muchos amigos y quería compartir esos momentos de alegría con ellos. Giulio estaba preparando tremenda celebración, no podía ser para menos, estaba por terminar su soltería ¡nunca se había casado!

Bianca, no resistió la espera y viajó sola por delante a encontrarse con su amor. ¡Le daría una sorpresa y que sorpresa! Cuando Giulio, saliera del trabajo como a las seis de la tarde, ella lo estaría esperando en el bar del hotel. ¡Qué romántico!

Bianca, sabia que los viernes, Giulio, pasaba por el bar, a despejarse un poquito de tanto trabajo, conversaba con unos amigos y se marchaba a su casa a descansar, no todos los viernes lo hacia, pero Bianca estaba segura que ese día, estaría allí. Pues dicho y hecho. Entre besos y abrazos, los tortolitos terminaron encontrándose.

" ¿Cómo estuvo el viaje, amore?" Pregunto Giulio.

"¡Excelente! ¡No podía esperar más! Tenia que verte, tocarte, abrazarte y besarte, así que decidí adelantar el viaje. El resto de mi familia vendrá pronto, ni te imaginas las ganas que tienen mis padres de venir al sur."

Bianca era así de práctica, había tomado el avión y había llegado a ver a su novio, cuando se le metía una idea en la cabeza no había poder que se la saque.

Los novios, dieron un paseo por la Costa Amalfitana. Un bello paisaje el cual se prestaba para el romanticismo. Giulio, acariciaba, besaba, mimaba, a su lindisima novia. ¡Como adoraba Giulio a Bianca! Se sentaron frente al mar, a contemplarlo, con sus aguas cristalinas de color verde-azulado, esperando la puesta del sol, comenzando a soñar con su boda, entre besos y cariseas hacían planes, los enamorados tenían mucho de que hablar.

Iban pasando las horas hasta que llego la noche, la pareja, se retiraría a su hotel donde pasarían la noche, para así de esa manera al otro día después del desayuno, regresarían a casa de los padres de Giulio, a seguir con los preparativos de la gran fiesta y esperar al resto de los Bertollinni, ¡ porque serian los invitados de honor!

Ya en la comodidad y privacidad de su cuarto de hotel, Bianca le dijo a Giulio, que le tenia una sorpresita, que tenia que decirle algo muy importante y comenzó así:

"¡Giulio, amore mio! Hable con mi padre sobre la idea de abrir una sucursal de la empresa aquí en el sur, le dije que me gustaría tratar aquí en Napoles, que lo más importante para mi eras tú y que deseaba estar a tu lado y apoyarte en todo como tu esposa. Mi padre aceptó y me dijo que me ayudaría en todo lo que sea posible!"

Bianca, no había acabado de pronunciar, ¡Napoles! Cuando Giulio la abrazó y le dijo;

" ¡Grazie amore mio! Gracias, por comprenderme, es por eso que te amo tanto. Y cuando tu sientas que ya no quieres estar en el sur y deseas regresar al norte, yo te apoyare en todo, porque lo único que deseo en esta vida, es tu felicidad!"

Al otro día muy tempano, Bianca y Giulio, llegaron a casa de los Venturini. ¡Qué algarabía la que había allí! Se podía sentir la felicidad de todos. La familia de los Venturini comenzaban a llegar, lo propio haría la familia de Bianca, los Bertollinni. La gran cena que darían los padres de Giulio seria magnifica. La Mamma Venturini, era una experta en la cocina, ya se podrán imaginar las delicias que habría en aquella gran celebración de amor.

La familia de Giulio iba recibiendo con mucho cariño a sus familiares, amigos y huéspedes que iban llegando, de otras ciudades de Italia. Definitivamente seria una gran velada, con los más exquisitos platos y manjares de Napoles, que "la Mamma" los prepararía con mucho amor para sus hijos, ¡ Giulio y Bianca!

¡Y mucho vino y del bueno! ¡Alegría, felicidad y amor! ¿Se podía pedir más? ¡Creo que no! Había de todo y para todos. Pero lo que más se sentía, era el cariño, una linda familia, que daba amor y lo recibía también.

La casa de los Venturini era grande al igual que su corazón, donde siempre había un sitio para el amigo que deseara visitarlos. Todos cabían allí sin ningún problema.

En la parte trasera de la casa, había un campo grande, el cual estaba divido en dos, una parte para los cultivos y la otra parte un bello jardín con terraza, con una mesa larga donde cabían todos los que quisieran disfrutar de aquel paisaje natural, horno de leña, una bodega para los vinos de su propia cosecha, lindos maceteros llenos de hermosas flores, había de todo, como lo dije anteriormente, sobretodo calor humano, algo que nunca debe faltar en ningún hogar.

¡El ambiente estaba espectacular! La casa de campo de los Venturini estaba preciosa. Habían decorado todo el jardín con faroles típicos de Napoles. Las mesas llevarían velas de color rojo, arreglos florales de lindos y vistosos colores, frutas frescas de deliciosos sabores y aromas! El estilo mediterráneo se hacia presente, acompañado por el romanticismo que se podía comenzar a sentir, ¡ que noche napolitana la que se viviría allí!

De pensar que disfrutare de todo eso y más. Porque déjenme decirle que las almas también disfrutamos, no crean que porque estoy muerta se acabo todo, no, ¡nada de eso! *"¡María Sofía, deja de opinar que a nadie le importa tu vida después de muerta!"*

Llegaba el momento más esperado por todos. ¡Los Bertollinni, ya estaban en Napoles! Tuvieron el mejor recibimiento, los padres de Giulio, les dieron la bienvenida con mucho cariño, ofreciéndoles todo tipo de comodidades. Los Bertollinni estaban felices, habían encontrado en Napoles, una hospitalidad de primera y mucho cariño.

La familia estaría tres días, en casa de los Venturini. Ellos querían conocer Napoles completo, pasear por sus lindas callecitas y también visitar Amalfi, con todo su encanto arrollador, donde su hija encontró el amor.

Bianca y Giulio estaban más que felices al ver a sus familias juntas y lo bien que se llevaban. Los familiares de Bianca, algunos primos y amigos muy cercanos se hospedaron en la casa de los Venturini, todos recibidos con mucho cariño, ¡la familia tenia un corazón tan grande como del tamaño de Italia!

Llegada la noche, todo el mundo se fue a descansar y toda la casa de los Venturini quedo en completo silencio. Casi lista y preparada para el festejo del día siguiente. Aunque todavía faltaban algunos arreglos, pero nada de importancia.

¡ Al otro día muy temprano todo el mundo de pie! A tomar un buen desayuno napolitano y a terminar con los arreglos de la casa. La Mamma y parte de la familia de los Venturini, sobretodo las mujeres, entraron a la enorme cocina, donde se disponían a preparar las exquiteces que servirían en tan importante festejo.

A golpe de cinco de la tarde comenzaron a llegar todos los invitados que faltaban, sobretodo los que vivían allí mismo en Napoles, ya se podía percibir la celebración. El jardín estaba de ensueño, todo la decoración al estilo campestre, ¡estábamos de mantel blanco! Digo estábamos, porque allí estaba yo y en primera fila, ¡no me lo hubiera perdido por nada del mundo!

Bianca estaba bella como siempre, con un vestido largo de color rosa de lino, un sombrero de color blanco humo, el cual llevaba tres flores pequeñas de color rosa, dándole una linda vista a todo su atuendo, Giulio, también vestía de lino, en color beige ¡La pareja estaba muy bonita, radiante, feliz! El amor estaba presente en todos los rincones de la casa Venturini.

Se podía ver que Giulio, era muy querido por todos sus amigos, familiares, compañeros de trabajo, era un buen hombre. Nadie quiso perderse tal celebración, por el contrario, todos los invitados deseaban compartir la felicidad de los novios.

Bianca, fue muy especial, tenia miel, todo el mundo se le pegaba por el buen carácter y el buen corazón. Yo creo que cuando Bianca nació se rompió el molde como se dice, "única." ¿Quién no podría querer a Bianca después de conocerla? ¡Nadie! Una cosa es que yo lo cuente y otra muy diferente que la conozcan personalmente.

¡Regresemos a la celebración! Yo no sé, si era el aire del sur de Napoles, pero la buena vibra se sentía en todos los rincones de la casa de los Verturini, ellos, habían preparado muchas exquisiteces, una más rica que la otra. ¡Qué manjares!

No había la menor duda que ese matrimonio marcaría precedente. Se podía sentir el cariño que tenían los padres y la familia de Giulio, por Bianca. Eso agrado mucho a los padres de la novia y les produjo una sensación de tranquilidad. Su hija le había robado el corazón no solo a Giulio, sino también a los ¡ Napolitanos!

A Marcello, el padre de Bianca, le encantó la idea de tener una pequeña plantación, en su villa de Scanducci, donde podría cosechar vegetales, frutas, semillas y de las mejores, él, no era muy devoto de plantas y hortalizas pero podría probar, así que le pidió unos secretitos a los padres de su futuro yerno, qué por supuesto ellos encantados se los dieron.

Lo mejor de la noche fue cuando Giulio, le leyó una carta de amor muy pequeña pero muy profunda a Bianca, su novia.

"Amore mio, tú iluminas mis días y mis noches,
mi vida esta llena de amor hacia ti, un amor insuperable,
un amor tan grande como el universo.
Te amare todos los días de mi vida.
Tu amor es el oxigeno que necesito para respirar
y seguir viviendo, así es de grande tu amor para mi,
mi corazón te pertenece por completo,
si me dejaras de amar,
dejaría de latir y moriría pero de amor por ti!
¡Ti amo, amore mio!"

Bianca se quedó paralizada. No pronunció ni palabra. Ella muy sonrojada, lo único que hizo en ese momento fue abrazar a Giulio muy fuertemente, lo beso y le dijo al oído, "¡grazie amore, yo también, ti amo, ti amo!"

Todos nos quedamos de una pieza, cuando escuchamos tan lindas palabras de amor salidas directamente del corazón de Giulio En ese mismo instante pensé, "que era lo mejor que le había pasado a Bianca en toda su vida."

Giulio, era un hombre maravilloso, romántico, tierno, siempre atento a lo que su novia quería, para él cualquier capricho de Bianca era una orden. Pero, Bianca era incapaz de tener caprichos, bueno me refiero a ciertos caprichos.

La comida que se había servido en casa de los Venturini era exquisitamente deliciosa. Los vinos, iban y venían, la variedad de pizzas y pastas que había preparado "la Mamma," eran increíbles. ¡De todos los sabores y que aromas! Si hubiera estado en carne y hueso me hubiera dado un buen atracón, ¡ con lo que me gustan las pizzas!

Lo tengo que decir, ¡la celebración estuvo divina! La alegría era contagiante, todo el mundo disfrutaba y de que manera. En la mesa, Giulio y Bianca, gozaron de todo lo puesto, comieron a sus anchas, tomaron mucho vino, reían, se contaron bromas, historias de todo tipo, un mesa alegre en todo el sentido de la palabra.

La sorpresa de la noche fue cuando llegaron los músicos, unos amigos de Giulio del barrio llevaron guitarras, tambores, flautas y comenzaron a entonar las mas lindas canciones de amor y por supuesto a bailar se había dicho.

"¡No hay celebración sino hay baile!" Dijo Giulio.

No solo bailaron los jóvenes, sino también lo hicieron los padres de los novios, pero si vieran que bien bailaba el señor Venturini, ¡todo un personaje y de los buenos!

La madre de Giulio, muy alegre también, comenzó a tararear canciones napolitanas, por supuesto que no se podían quedar atrás los Bertollinni, así que Marcello y Elisabetta, bailaron una pieza musical muy linda, muy romántica.

Esa noche todo fue alegría y celebración. Los músicos tocaban y cantaban de lo mejor. ¡Una noche napolitana inolvidable!

Aquí entre nos, les contare que le había echado el ojo a un hombre super guapo, muy varonil, de buen porte, alto y con buenos pectorales. Era ni mas ni menos el hermano del padre de Giulio. ¡Ya se podrán imaginar, si el sobrino era así, el tío estaba como para.....!

Con decirles que de ver y oler tanto vino, me habían entrado unas ganas de tomar vino, como nunca, ademas, yo también tenia derecho a festejar el compromiso de Bianca. ¿Verdad?

He visto muchas fiestas, pero como esa, ninguna. ¡Qué alegría! Me refiero a la espontaneidad de todos las personas, parecían que todos se conocían, los del norte, con los del sur, definitivamente en Italia se festejaba el amor y de que manera. Se iba terminando la gran celebración. Bianca y Giulio, no se cansaban de demostrarse amor.

" ¡L'amore è la cosa più grande!"

De lo que si estaba segura es que los novios se irían directo a la cama, pero a dormir, estaban super cansados, no creo que tengan cuerpo para nada más, por lo menos esa noche.

Bueno, yo tampoco lo tenia, ¡ pero que cosas digo, claro que no tenia cuerpo, algunas veces me olvido que estoy muerta! Pero lo que yo había disfrutado esa noche, no me lo quitaba nadie. Yo también me fui a dormir, ¡pero a soñar con el tío Venturini!

¡Amanecía en Napoles! Los Bertollinni, regresarían a casa. ¡Qué rápido se habían pasado los tres días en casa de los Venturini! A Marcello, el padre de Bianca, le gusto tanto la idea de la cosecha que prometió volver pronto, para pedir consejo a los Venturini. La cosa iba en serio, no podía imaginarme a Marcello Bertollinni que siempre vestía saco y corbata, plantando semillas en su jardín.

Hablando de semillas, antes de la partida de Bianca a Florencia Giulio le obsequió unas semillas para su jardín. Diciéndole:

"Estas semillas son de lavanda y lo mejor de ellas, es que se reproducen muy rápido, es decir, cuando una muere la otra nace y por partida doble, cada vez que las huelas el aroma de lavanda te llevara hacia mi, por otro lado, cada vez que yo las huela, el aroma de lavanda me llevara hacia ti."

Bianca las recibió y se las puso en la nariz comprobando lo que Giulio, le había dicho, la fragancia era exquisita, lavanda pura. ¡Tal cual! Giulio, sí que sabia enamorar. ¿Dónde aprendió tantas cosas lindas? ¡Las que nos gustan a nosotras las mujeres!

Ya, en Florencia de regreso, los Bertollinni, no podían ocultar su felicidad, habían tenido los mejores días de sus vidas. ¡Ellos estaban felices con el noviazgo de Bianca y Giulio!

Los padres de Bianca, dijeron que nunca pensaron que su hija se volviera a enamorar y así de esa manera, tan intensa y de un hombre como Giulio. Todo un caballero. Ellos estaban muy contentos con el matrimonio de la pareja.

¡Hablando de matrimonio, comenzaron los preparativos! Elisabetta quería lo mejor para ese gran día, por fin vería a su hija casarse de blanco, el sueño de cualquier madre se haría realidad y muy pronto. Ya estaba en puertas la majestuosa boda.

El padre de Bianca, había quedado completamente satisfecho y complacido con toda la familia Venturini, sobre todo a Giulio lo consideraba un hombre impecable, de sentimientos verdaderos, muy responsable, Marcello estaba muy feliz con el matrimonio de su hija.

Padre e hija tuvieron una conversación muy seria, Marcello, acepto trasladar una parte del negocio a Napoles. Aunque, ellos ya lo habían hablado anteriormente, comenzarían a poner los puntos sobre la mesa, algo muy importante en cuestión de negocios.

A Giulio, le había costado llegar al puesto que tenia y Bianca, como su esposa, lo ayudaría. Bianca no sólo trabajaría para su propia empresa, expandiéndola, sino, apoyando a Giulio, su esposo, en todo lo que pudiera. ¡Una gran mujer!

A un mes de la boda, ya Bianca podía sentir los nervios a flor de piel, y no sólo ella, la casa entera, desde Elisabetta, la madre, hasta el jardinero. Qué dicho sea de paso estaba trabajando muy duro plantando las más lindas flores, podando arboles, como se dice vistiendo el jardín de gala para el gran día.

No se casaba cualquier persona, era, Bianca Bertollinni, la hija del empresario más conocido, respetado, adinerado, querido de Florencia y alrededores. ¡Esa boda seria una en mil! Lo mejor de lo mejor. Estaré allí y en primera fila, viéndola entrar a la iglesia, haciendo su sueños realidad y los míos también. La felicidad completa de Bianca estaba cada día más cerca.

Los días transcurrían de prisa o por lo menos eso le parecía a la novia. Cuando se espera algo así tan grande, los días vuelan. Ella estaba en todos los preparativos. Escogiendo vestidos de novia, como también vestidos para la recepción, bouquets, zapatos, joyería, hasta lo que llevaría a la luna de miel, es decir no había limite.

¡ Era el día de su boda! Un día muy especial en su vida.

Bianca, quería que todo este perfecto, no podía faltar nada, ningún detalle. Si tenia que viajar al fin del mundo para traer las perlas para el vestido, lo haría, así era de vehemente, por eso le iba tan bien en el trabajo. "Piano, Piano va Lontano." Como decía mi madre.

Ahora, esa vehemencia no la podía llevar al matrimonio, me refiero a la vida de casada. Ella era muy inteligente e intuitiva, sabrá separar las cosas en su momento, sobretodo, no cruzar lineas en rojo, que ponen al matrimonio en peligro.

Por supuesto, que Bianca siempre contaría con la invalorable ayuda de su madre Elisabetta. Ella, su madre, era una maestra para todo ese tipo de acontecimiento sociales, contrataría al mejor personal especializado en novias, algo que agrado mucho a Bianca, así tendría los consejos y guiá, allí mismo en casa.

Todos los días llegaban a la residencia de los Bertollinni vestidos de novia, vestidos de recepción, zapatos, sombreros, etcétera. Todo tenia que ser a gusto de Bianca, ella era muy exigente. Bueno, la que se casaba era ella, obviamente tenia que ser así.

Bianca, había contratado a un especialista en diseño de vestidos de novia para que le ayude a escoger el mejor para ella. Ya se imaginaran el desfile de ropa que había en casa de los Bertollinni. Bianca estaba super emocionada con todo, los días se le hacían cortos, pero ella los disfrutaba, ¡ era su boda!

Giulio y su familia llegarían pronto a Florencia. La familia Venturini se hospedaría en la casa de huéspedes de los Bertollinni. Bianca quería lo mejor para ellos, ya eran parte de su familia, quería que se sientan como en su casa del sur y así seria.

¡Llegaron los Venturini! Felizmente, ya todo estaba preparado con mucha anticipación para su recibimiento. No hubo mas que ubicarlos en la casa de huéspedes y listo.

Bianca era muy buena anfitriona. Giulio, se sintió muy tranquilo y feliz al ver que su familia estaba bien cuidada por su novia, no podía ser para menos. Se notaba el cariño que Bianca les tenia.

Yo estaba más que contenta con la felicidad de ellos, especialmente de mi querida Bianca, estaba a pasos de lograr su sueño y eso me llenaba de alegría.

Era tanta, que lagrimas de felicidad, comenzaron a correr por mi mejía, no sólo Bianca cumpliría su sueño, sino yo también, al verla de novia en el altar. Le pedí a Dios que la ayude hasta el final, que no la desampare, que la proteja y la guíe porque ella se merecía esa dicha, había luchado mucho por conseguirla.

Ustedes no tienen una idea de cuanto luchó por regresar. Yo estuve con ella y lo sé perfectamente "¿Quién dijo que las almas no sienten?" ¡Es falso, si sienten y mucho! Yo no me quejo de nada, soy feliz en mi nueva casa. Tal vez, regrese algún día, no lo sé, aun.

Bianca se casaría y cumpliría el deseo más grande que tenia, amar a un hombre de la cabeza a los pies. Amarlo veinticuatro horas, con pasión, delirio y locura. ¿Porqué no? Si la locura es parte de nuestra naturaleza y el amor también lo es.

En la residencia de los Bertollinni se encontraba la capilla familiar, hermosa, donde se habían casado no sólo los padres de Bianca, sino también sus abuelos, tíos, primos, etcétera. Allí mismo se casaría la heredera de los Bertollinni.

De solo pensar que mi querida Bianca se vestiría de novia, otra vez más, me entraron unos escalofríos, porque inmediatamente vinieron a mi memoria recuerdos que me gustaría borrarlos para siempre. Pero estaba segura que la única manera que se borrasen del todo seria el día que ella, mi Bianca adorada, cumpliera su sueño de amor y comience a disfrutar de la vida hermosa que le esperaba al lado de Gulio Venturini. ¡ Al parecer ya estaba cerca, el gran día!

****

¡EL GRAN DÍA!

¡El día más esperado por todos! El que se marcaría en el calendario para toda la vida. Ese día, no se le pegaron las sabanas a nadie, por el contrario, a las cinco de la mañana ya estaban todos de pie, no querían desaprovechar ni un minuto, había mucho que hacer.

El servicio de la residencia, madrugó más que otros días, a decir verdad, creo que ni durmieron bien la noche anterior. Entre sacar brillo a la platería, limpiar los pisos, limpiar las estatuas de mármol y otra cantidad de cosas que tenia la familia en tan grande mansión, lo que estaba faltando ademas de tiempo, eran manos.

Aunque los Bertollinni, habían contratado servicio especial ni aun así les alcanzó el tiempo. Esa mañana todos y muy temprano sacaron plumeros y escobas en mano, a mantener todo tan limpio como mejor lo pudieran hacer.

Recuerdo que Bianca, fue la primera en levantarse, se dirigió a la capilla donde se casaría esa noche. Se sentó y meditó con mucho fervor pidiéndole a Dios que la iluminé y guíe sus pasos y que derrame sobre ella muchas bendiciones. Quedándose unos minutos más en la capilla, en silencio oró por toda su familia. Pidiendo bendiciones para todos ellos, agradeciendo de todo corazón la dicha de haber nacido en un hogar con mucho amor. Después de dejar la capilla se sintió más tranquila. Bianca estaba nerviosa, razones le sobraban. ¡Un matrimonio es un matrimonio!

Bianca estaba dando el paso más importante de su vida, estaba muy feliz, había encontrado el verdadero amor. Bianca deseaba con todo su corazón que su matrimonio fuera para toda la vida.

Yo deseaba lo mismo para ella, tenia que ser así, ella había luchado mucho por ese amor, desde otras vidas y lo estaba consiguiendo tenia que darse, ¡ o me dejaba de llamar María Sofia!

Bianca, comenzó con los preparativos. Ya tenia el vestido, los zapatos, la joyería, los accesorios, es decir todo listo, lo que se dice todo. Ella se había organizado con mucha anticipación, por esa parte todo estaba bajo control. Bianca siempre fue muy precavida.

Los padres de la novia, también lo tenían todo arreglado, la boda empezaría como a las siete de la tarde, una buena hora ni muy temprano ni muy tarde, porque así tendrían tiempo suficiente para la recepción y la gran fiesta. ¡ Que de seguro acabaría al otro día!

También llegaron los del servicio, cocineros y reposteros, ellos empezarían a preparar los deliciosos platos y canapés, así como también una variedad de postres y tortas. ¡No había duda alguna, que esa sería una boda de bodas! ¡Para ser recordada toda la vida!

Llegaron también un grupo de estilistas entre peinadores o peluqueros, maquillistas, el especialista en modas, hasta una masajista para sacar el estrés de los novios y familiares, un equipo completo para vestir y maquillar a la novia, ya podía imaginarme lo linda que se vería mi Bianca. ¡Se casaba un ángel!¡Un ángel vestido de novia!

Junio, un mes bastante caluroso, era verano, pero ese día estaba de lo mejor, no hacia tanto calor, el cielo estaba claro, se podían ver las nubes blancas como conos de algodón, un paisaje espectacular.

A lo lejos se podía divisar Florencia, preciosa, majestuosa, romántica, la ciudad despedía arte puro, una ciudad que con solo estar allí, sin haber entrado a ningún museo, podías sentir el arte a flor de piel. ¡Italia el país perfecto para el amor y el romanticismo!

Se iba acercando la tarde y la residencia de los Bertollinni había quedado inmaculada, bella. ¡Por donde se le mire, estaba reluciente! Los jardines poblados de lindas flores y que aromas, sus fragancias hipnotizaban a cualquiera, eran de ensueño.

La casa tenia unos lindos arreglos florales, los cuales, muchos de ellos, habían venido llegando como regalo de bodas, a tempranas horas de la mañana. De la cocina salían deliciosos aromas, me podía imaginar, las maravillas que se estarían preparando allí.

La capilla estaba iluminada con candeleros, todos con velas blancas, también habían unas hermosas arañas de luz, colgando del techo de la capilla, para darle un ambiente de romanticismo. Muchas flores blancas, adornadas con cintas de satén, los hermosos ramilletes estaban puestos en el pasillo de la capilla, por donde la novia caminaría para llegar al altar. En el altar habían colocado seis sillas, donde se sentarían los padrinos y los novios, eran las mismas sillas que habían sido usadas por los antepasados de Bianca.

Bianca, no se olvidó de oler las semillas de lavanda que su novio le había regalado en Napoles. Aunque él se encontraba en la casa de huéspedes preparándose para el gran momento, al igual que su familia, Bianca quiso probarlas y puso las semillas cerca a su nariz y comenzó a oler la fragancia de lavanda, en ese momento pudo sentir a Giulio, bien cerca a ella, podía sentir el calor de su piel. ¡Funcionaban! Bianca se puso feliz.

Había encontrado la manera de sentir a su adorado Giulio cerca a ella. ¡Así cuando Giulio se encuentre lejos, con solo oler la semillas de lavanda, se habrán conectado!

Debo decir que la lavanda tiene ciertos poderes de sanación, quita el estrés, los dolores de cabeza y es usada en aroma terapia, con muy buenos resultados. A mi particularmente me encanta la lavanda.

La lavanda es una planta muy antigua, desde los romanos y griegos. Cuentan que los medievales la usaban para limpiar malos espíritus, pudiéndose conectar con los buenos espíritus. Giulio, sabia de lo que estaba hablando cuando le regalo a Bianca las semillas de la conexión espiritual. ¡Un acierto más!

Ya se estaba acercando la tarde, eso significaba que Bianca debía empezar su sesión. Me refiero a los arreglos de novia. El grupo de tres personas que la ayudarían para vestirla, maquillarla y peinarla, estaban listos para empezar con su arreglo personal. Bianca pidió unos minutos más. Quedándose en su habitación sola.

No se podía negar, ella estaba muy nerviosa, a tal extremo que no quiso ningún arreglo, en ese momento. Quería pensar o tal vez tomar consciencia que se casaba.

Recuerdo que cuando yo me case, no quise salir del cuarto, ya estaba lista vestida de blanco, me entraron unos nervios que me paralice por completo, pensando que el novio no llegaría a la iglesia y que me dejaría a ultimo momento. ¡Por supuesto, que no fue así! Me case y la boda fue un éxito. ¡Son miedos de novia, nada más y no se puede hacer mucho al respecto, es normal!

Los asistentes del arreglo personal de Bianca, no se preocuparon para nada, de aquella actitud de la novia, dejaron que ella tomara su tiempo. Ellos dijeron, que ese comportamiento era común en muchas novias y sabían que pronto saldría de su recamara.

No había pasado ni media hora cuando Bianca, ya mas tranquila y consciente que era una novia y muy feliz salio de su dormitorio pasando inmediatamente, al cuarto que le habían acondicionado especialmente para su completo arreglo personal.

Primero, Bianca paso por los peluqueros, donde la bella novia quedo como una muñeca, al colocar, el estilista, una corona muy delicada hecha de perlitas blancas en su hermoso cabello color caramelo recogido de los costados, de la corona se descolgaba un tul largo por la parte posterior de su cabellera, el cual llegaba hasta la cintura de su vestido.

El maquillaje era sencillo, un color rosa para la piel de su cara, un brillo para los labios en color rosa también, el color preferido por las novias. Y para sus ojos un color verde bajito, para darle iluminación, aunque sus ojos estaban tan iluminados de felicidad que ya no necesitaban nada más. ¡Bianca estaba radiante como el sol! Parecía una muñeca de porcelana.

¡El vestido, era precioso! De color blanco, largo de encaje, sin tirantes, ceñido al cuerpo de la bella Bianca, donde su figura resaltaba, en la parte trasera llevaba un lazo grande del cual se descolgaba una larga cola de tela de satén, la cual llevaba unos bordados en forma de corazones, hechos de hilo de seda mercerizado, los zapatos eran forrados de tela de satén también, llevaban un corazón pequeño en el centro hecho de brillantes muy menudos, los zapatos fueron diseñados por ella. Bianca pensó en todo, tenia que ser así.

Con un ramo de flores naturales en colores, blanco de pureza, amarillo de la buena suerte y rosa bajito para la sensualidad. ¡Bianca estaba radiante! ¡Espectacular! ¡Divina! ¡Una diosa entre diosas! Se podía sentir el amor que brotaba de su corazón.

La novia ya estaba lista. Los invitados comenzaron a llegar ocupando sus respectivos lugares. En la residencia de los Bertollinni, ya se podía comenzar a sentir aires de boda. Los padres de Bianca también lucieron exquisitas galas muy elegantes y sobretodo felices.

Tanto los Bertollinni como los Venturini esperarían en el salón principal de la residencia. Hasta el momento de entrar a la capilla a esperar a la novia. ¡Giulio, estaba guapísimo! El traje que llevaba puesto era de seda, en color negro, con un clavel blanco en la solapa, muy elegante. ¿Recuerdan los loritos o periquitos que Giulio le regalo a Bianca? ¡Pues, ellos también estaban de gala! Se encontraban dentro de una jaula dorada, Giulio había mandado hacer la jaula en Napoles, sin que Bianca supiera, le darían la gran sorpresa. Estaban como invitados de honor, asistirían a la boda de su querida amiga Bianca. Yo creo que no faltaba nadie. ¡Todos estaban listos para la gran boda!

La madre de Bianca, permaneció unos minutos con su hija a solas, dándole algunos consejitos, como cualquier madre lo haría con su hija a punto de casarse. Le dijo que estaba preciosa, hermosa, que la amaba con todo su corazón, que siempre contara con ella, sin reserva alguna, su madre le dio la bendición y la beso en la frente, la abrazó y se retiró al salón, a reencontrarse con el resto de la familia.

Llegaba la limusina. Bianca, se encontraba en el segundo piso con su padre, era un poco temprano, así que optaron por salir juntos por la puerta trasera, la limusina los llevaría hasta la bella ciudad de Florencia, un pequeño paseo como para soltar los nervios, para después de unos diez o quince minutos llegar a la residencia juntos y hacer la entrada triunfal a la capilla. Dónde los estaría esperando el novio y el resto de los invitados.

El padre de Bianca no pudo contener las lagrimas al ver a su hija tan bella, la beso y la abrazó diciéndole:

"¡Querida Bianca, estas bellísima! Estoy feliz por ti, porque has encontrado el amor de tu vida, a un hombre excepcional, que te ama mucho, estoy seguro que seras muy feliz al lado de Giulio, te adoro, hija, siempre seras mi pequeña Bianca, nuestro tesoro, el mejor cuidado y guardado en un lugar muy especial de nuestros corazones."

"¡Babbo, me harás llorar también! Tu eres el mejor padre del mundo, al que adoro con todo mi corazón, nos separaremos, pero lo haré por amor, eso no quiere decir que no nos veremos más, al contrario, siempre habrá una excusa para visitarte, sera la única excusa que habrá en mi corazón, la del amor, hacia ti y la Mamma, ustedes son los pilares más valiosos que tengo en mi vida, ¡ los amo!"

Así, padre e hija se abrazaron, Marcello, beso a su hija, el beso mas largo que su padre le había dado a su pequeña Bianca en toda su vida. Marcello era todo sentimiento, pero como no lo iba ser, si era la única hija que tenia.

Mientras tanto el resto de invitados se iban acomodando en la capilla de la villa Bertollinni para esperar a la novia, Giulio hacia su aparición acompañado de su querida madre, ella muy tiernamente beso a su hijo y le dio la bendición frente al altar, deseándole lo mejor de este mundo en su nueva vida de casado. Ahora sólo había que esperar a la novia con su padre.

Bianca y su padre salían por la puerta trasera de la villa, entraron a la limusina, para emprender el paseo por los alrededores de su barrio Scandicci, de allí irían a Florencia y cruzarían el gran río Arno.

A Bianca le gustaba pasar por ese río y contemplarlo, siempre que se dirigía a sus oficinas en Florencia, lo solía hacer. Le daba una especie de paz y tranquilidad. Siempre le gusto hacerlo desde niña. Recuerdo que cuando era chiquita, se lo pedía a sus padres y ellos con mucho gusto la llevaban a pasear al río Arno.

Volvamos con Marcello y Bianca. Ya en la limusina, ellos iban conversando tranquilamente cuando derepente un camión a mucha velocidad los choca de forma brutal. El chófer de la limusina hizo lo imposible para no caer del puente al río Greve, un pequeño río por el cual tenían que pasar para salir de la ciudad de Scandicci, pero el impacto fue tan grande que la limusina cayó casi inmediatamente.

Se podía ver al chófer tratar de abrir desesperadamente las puertas para sacar a la novia y a su padre, pero por momentos las fuerzas se quebraban. Por fin el chófer logra abrir dos de las ventanas de la limusina saliendo inmediatamente el padre de Bianca por una de ellas. Marcello, trataba desesperadamente de sacar a su hija empujándola y jalándola hacia afuera para que no se ahogue, ya Bianca tenia el agua muy arriba cerca a su garganta.

Marcello, ya no tenia fuerzas, lloraba clamando por ayuda, el cuerpo de Bianca comenzaba a adormecerse ya casi no respiraba con facilidad, había tomado mucha agua, el padre trataba de llamarla por su nombre para que reaccione, pero las palabras de Marcello se iban debilitando, padre e hija comenzaban a perder esperanza de vida.

Bianca, a pesar de estar casi con el agua en la garganta, todavía estaba algo consciente; *"¡Dios mio, ayudame, debo luchar por vivir!"* Fueron sus primeros pensamientos, deseaba vivir, en ese preciso instante es cuando se suelta de la mano de su padre para dejar su cuerpo del todo. Solo la fuerza de su alma, la podría salvar.

El audaz chófer hizo un ultimo esfuerzo para sacar a Marcello del agua, logrando traerlo hasta la superficie, pudiendo llegar ambos a las orillas del río, agotados casi sin respiración.

Cuando el cuerpo de Bianca, comenzaba lentamente a descender a las profundidades del rio, en ese preciso momento, siente una mano que trata de jalarla hacia la superficie, pero Bianca, parece no responder, inmediatamente, siente otra vez que la misma fuerza trata de jalarla hacia la superficie, ¡era yo! que trataba desesperadamente de sacarla, ¡ hasta que por fin lo logré!

Bianca, había tomado demasiado agua, salió a la superficie, pero casi muerta. Ya no tenia color en su cara, estaba muy fría. Es allí que no pude más, mi alma lloraba de dolor, saqué fuerzas de donde sea, le di un beso en la mejilla y le susurré; *"¡Bianca, estoy aquí, nunca me fui de tu lado, jamas lo haría, siempre viví por ti y para ti, te ayudare a salir del agua, tu eres fuerte, Bianca adorada, si tuviste fuerza para volver y encontrar el amor que un día lo perdiste, está es tu oportunidad de aferrarte a él, resiste, te llevaran al hospital, por favor Bianca lucha, sé que lo lograras, lucha por vivir, lucha por el amor, mi tesoro!"*

Inmediatamente, Bianca comenzó a salir a flote, casi muerta. En ese instante, comenzaron a llegar, ambulancias, policías, vecinos del lugar, ya estaban allí para dar una mano, sin perder más tiempo, entraron a rescatar a Bianca, era la que más lo estaba necesitando.

En el río Greve, se encontraba la ambulancia esperando por el cuerpo de Bianca que al parecer comenzaba a perder su batalla, había tomado mucha agua, la subieron a toda prisa, para llevarla al hospital mas cercano, al igual que a su padre, Marcello y al valiente chófer.

Mientras tanto en la villa, ya se había comunicado del fatal accidente. Los invitados y la familia entera llegaban hasta el río totalmente devastados, angustiados, con el corazón hecho pedazos, no sabían a ciencia cierta que era lo que había ocurrido, no podían creer lo que les estaba sucediendo, parecía una pesadilla y de las peores. Cuando llegaron al río se dieron con la sorpresa que se habían llevado a los tres sobrevivientes al hospital, a donde ellos se dirigieron inmediatamente con un dolor muy grande en sus corazones.

Giulio y Elisabetta, llegaron al hospital rápidamente, pudiendo ver en el momento que ingresaban a Bianca por emergencia, ambos se abrazaron del cuerpo frió de Bianca, Giulio lloraba como un niño y Elisabetta no pudo resistir la emoción tan fuerte de ver a su hija en esas condiciones que se desmayo en el mismo lugar.

Mientras tanto Marcello y el chófer fueron atendidos con urgencia, ellos no estaban tan graves como Bianca, pero necesitaban atención inmediata, también.

Me dio mucho sentimiento ver a Giulio, abrazado al cuerpo frio de Bianca. Los latidos del corazón de su novia ya casi no se sentían, Giulio, no lo podía creer, su cabeza no podía pensar y su corazón solo sentía amor, un amor tan grande como la fe, que albergaba en sus almas y que nunca la perdieron, la fe los acompañó hasta el final.

Bianca, fue rápidamente llevada a cuidados intensivos, Elisabetta fue atendida también por emergencia. El corazón de Bianca, palpitaba muy lento pero todavía tenía vida y mientras haya vida había esperanza. La esperanza es lo ultimo que se pierde.

Los padres de Bianca, comenzaron a reaccionar muy rápidamente gracias a la pronta atención de los médicos. Los doctores que atendieron a Bianca, visitaron a sus padres, Marcello y Elisabetta, en su cuarto de hospital, para comunicarles sobre el estado de su hija. Diciéndoles lo siguiente:

"El estado de salud de Bianca es muy critico, no hay mucho que se pueda hacer, por lo menos humanamente se esta haciendo todo, si Bianca pasa la noche podría salvarse, pero sino, allí se acaba todo."

Elisabetta y Marcello, estaban totalmente desconsolados. Ellos, pidieron a los doctores autorización medica para quedarse con su hija toda la noche, orarían por ella, la fe de los padres de Bianca era tan grande que estaban seguros que Bianca pasaría la noche.

Mientras tanto en la sala de cuidados intensivos, Bianca trataba de luchar por su vida, en un momento de lucidez muy fugaz, Bianca siente mi presencia, le di un beso en la frente, cogiendo sus manos frías entre las mías le dije:

"¡Bianca, tienes que regresar del todo a la vida, tú luchaste por volver y hacer tú sueño realidad, tienes que regresar, siempre has sido fuerte y ahora no es el momento de debilidades. Bianca, juntemos fuerzas, te ayudaré, pero si tú no pones de tu parte no lo lograremos, imaginate, corriendo por los lindos jardines del cielo, pero sin Giulio, verlo de lejos, quererlo de lejos, ya te paso una vez, no puede pasarte otra vez, reacciona, lucha por vivir, tus padres te esperan, tu amor te espera, tú familia y amigos también. Todo lo que tienes ahora, te ha costado, no lo puedes deja ir así por así. Bianca, no podré estar aquí el día de mañana, para ayudarte, tienes que despertar ahora, mi niña preciosa, mi adorada Bianca, no tengo mucho tiempo, tú sabes de lo que te estoy hablando. Bianca, ya no tengo más fuerzas, me estoy debilitando, por favor regresa!"

Bianca sintió que la abrazamos con tanto amor, sus ángeles protectores y yo, que en ese momento se dio cuenta que no le tocaba partir, tenia que seguir luchando. No lo voy a negar, sentí miedo de dejarla esa noche y no volver a verla con vida, nunca había experimentado un sentimiento tan fuerte como el de aquella noche.

A la mañana siguiente, muy temprano, antes que saliera el sol, los doctores entraron a la habitación de Bianca, con la única esperanza que ocurriera un milagro, porque de lo contrario ya nada se podía hacer. Para sorpresa de ellos, ¡Bianca tenia color en la cara! Los doctores se apresuraron para chequearla y se dieron con la sorpresa que estaba reaccionando, ¡ había pasado la noche!

¡Bianca había regresado! Bianca le había ganado la batalla a la muerte, el milagro de la vida, había ocurrido. Ella comenzó a reaccionar poco a poco, recuperando el color de su piel, despertando como si hubiera regresado de un sueño, su respiración era cada vez mejor, sus sentidos comenzaban a trabajar con más precisión.

Los doctores se quedaron sorprendidos al ver el rápido recuperamiento de Bianca. Ella, había tomado mucha agua y había quedado sin oxigeno por unos segundos y eso definitivamente era algo muy peligroso, afectaría su cerebro, produciéndose un desenlace fatal. Ese era el peor temor de los médicos. Bianca fue chequeada exhaustivamente de la cabeza a los pies, los médicos querían estar seguros que todo andaba bien.

Los padres de Bianca, Giulio, familiares, amigos, todos estaban en el hospital, rezando, orando por su total recuperamiento. El hospital entero estaba conmovido, no podían creer lo que les había sucedido a los Bertollinni. Así como tampoco podían creer como Bianca se había salvado y recuperado tan rápido, si prácticamente llego cadáver al hospital.

Obviamente la noticia recorrió no solo a la ciudad de Florencia sino a los alrededores. Mucha gente se acercaba al hospital trayendo ofrendas florales acompañados de buenos deseos. Se podía ver el amor tan grande para toda la familia.

Después de los chequeos de rigor y saliendo de todos los exámenes muy bien, los doctores dieron de alta del hospital a los tres. Marcello, Elisabetta y su adorada hija Bianca, dejarían el hospital pronto. Ellos, no se explicaban la rápida recuperación de Bianca.

Giulio, fue el primero en entrar al cuarto de su novia después de saber la buena nueva, no lo podía creer del todo hasta no tener a Bianca en sus brazos y poder abrazarla y besarla, ellos se amaban con toda su alma. Giulio, no pronuncio ni palabra del accidente, no quería que nada dañara ese momento de felicidad, ademas Bianca, no lo recordaba del todo, por lo que era mejor dejarlo así.

Bianca y sus padres regresaron a casa. ¡No lo podían creer! Todo parecía un sueño, nada mas. Giulio y su familia, todavía se encontraban en casa de los Bertollinni.

Marcello y Elisabetta, pidieron a los Venturini, que se quedaran, un tiempo más, a Bianca le haría muy bien verlos. Los Venturini, ya eran parte de la familia y Bianca los quería mucho.

La casa de los Bertollinni se convirtió en el mejor lugar para que Bianca, se restableciera del todo. Estaría rodeada de amor, el de Giulio, que no se desprendía de su lado para nada, el de sus padres, que la cuidarían como un tesoro y de todos los que siempre la habían querido, como los empleados que trabajaron por siempre en casa de los Bertollinni, muchos de ellos habían visto nacer a Bianca, es decir mejor cuidada que allí, no estaría en ninguna parte.

Sus padres pensaron posponer la boda para unos meses más adelante pero Bianca dijo que se celebraría en unas semanas más en cuanto ella se recuperase del todo.

A Bianca todo le había parecido como un sueño, sólo recordaba que la limusina se precipitó al río y sintió mucha agua alrededor de ella, hasta que perdió el sentido. Era lo mejor que podía pasar, que ella no recordase nada de nada.

Bianca, les relataba a sus padres que sintió claramente la mano de una mujer que la trataba de ayudar a salir del agua, jalándola hacia afuera. Los padres de Bianca, la escucharon con mucha atención. La madre de Bianca comentó que definitivamente, un ángel había salvado a su hija de una muerte segura.

Como era de esperar, Giulio, no se desprendió de su lado, toda la familia Venturini se quedó en casa de los Bertollinni, atentos a la recuperación total de Bianca. Pero ella, se sentía tan bien, que nadie podría creer que estuvo a punto de perder la vida y de que manera. Los novios no perdieron tiempo y comenzaron a preparar todo para la gran boda. ¡ Porque definitivamente seria una gran boda!

¡ Bianca, quería celebrar su matrimonio, con bombos y platillos, ella le dijo a sus padres que deseaba el mismo vestido de novia que había llevado puesto el día del accidente, todo exactamente igual, así que con aguja en mano y tela por cortar, el modisto y sus ayudantes comenzaron la tarea de coser el vestido de ¡Bianca Bertollinni!

Los preparativos no se hicieron esperar, todo era poco para tan gran celebración. ¡No sólo se celebraría el matrimonio de Bianca, sino el haber nacido otra vez! El haber salido casi sin lesiones de aquel terrible accidente que casi le había costado la vida.

Bianca, fue a la capilla, para pedir a Dios que la siguiera protegiendo y darle gracias por haberle salvado la vida y hacer que su sueño se haga realidad. En tanto ella meditaba, me acerque y le dije: *"¡Bianca, siempre estaré contigo y te prometo que está vez si te casaras con Giulio, el amor de tu vida!"* Bianca siguió escuchándome, en ese momento sintió como si conociera de mucho tiempo a esa persona que le hablaba, se dio cuenta que era la misma voz que había escuchado en el agua, el día del accidente, así como también, la escuchó aquella noche en el hospital, sintió un dolor en su corazón, pero de alegría, ¡ me había reconocido del todo!

Bianca cerro sus ojos y tuvo un pequeño regreso al pasado, encontrándose conmigo, dándose cuenta que en su vida anterior había existido alguien a quien ella adoraba, ¡su tía María Sofia! Recordó también, con mucha tristeza y melancolía el día de nuestra boda en la cual las dos moríamos juntas, no cumpliendo ninguna, con nuestro sueño de amor.

Me dio tanta tristeza de ver a mi Bianca llorando y recordando pasajes tristes de nuestra vida pasada, inmediatamente pensé que era el momento preciso para comunicarme con ella, la podía sentir cerca a mi, y ella también me sentía cerca como los viejos tiempos, no perdería esa oportunidad de comunicación espiritual entre tía y sobrina y le dije:

" ¡Bianca ha llegado el momento de que seas feliz, para mi sera la felicidad más grande verte en el altar con tu vestido de novia, yo estaré allí presente para besarte y abrazarte. Has luchado mucho por el amor, y es hora de ser totalmente feliz. Ademas, tienes al mejor hombre del mundo que te adora con todo su corazón. ¡Esta vez nadie te salva del matrimonio! Bianca, te quiero mucho, te extraño, recuerda, siempre estaré contigo, en los momentos de tristeza así como en los de alegría también. Hay algo más que te quiero decir; ¿Recuerdas los periquitos que te llevó Giulio? Yo, los puse en su camino, tenias que tenerlos de vuelta, los adorabas! Te quiero con toda mi alma, estoy feliz por ti, Bianca, tu estas aquí y yo estoy allá, pero eso no hace ninguna diferencia, igual te adoro!"

En ese momento Bianca comprendía muchas cosas que le habían pasado en su vida, sintió mucha paz y salió de la capilla muy tranquila. Se dirigió casi corriendo hacia el jardín a ver a los periquitos. ¡ Pero cual seria su asombro cuando se acercó a la jaula y no eran periquitos, eran loros! Cuando uno de ellos le dice: "¡Bianca é Bianca!" Ella se echó a reír diciendo: "¡Esas son cosas de tía Sofia!"

La verdad si eran cosas mías, ella me conocía muy bien, yo les había enseñado a los loritos a decir sus primeras palabras, tenia que ser el nombre de su dueña y amiga, como era obvio.

Bianca, era una mujer de suerte, no cabía la menor duda, había salvado de una muerte fija, tenia una familia maravillosa que la amaban con todo su corazón, muy buenos amigos y compañeros de trabajo que la querían mucho, su adorada tía María Sofia, que aunque estaba en otro plano, se las arreglaba para estar con ella, dos loros y lo mejor de todo ¡ Giulio.! ¿Qué más podía pedir?

Bianca, comprendio muchas cosas que tenia en su cabeza y en su corazón. La vida le sonreía otra vez más a esa hermosa mujer. El sol salió con más fuerza, la luna brilló más que antes, los jardines florecieron como nunca, ¡¿Qué era lo que estaba pasando?!

Para Bianca, ¡ un renacimiento total!

Ya la familia entera se había recuperado del accidente, todo volvía a la normalidad, los padres de Bianca no quisieron hablar del accidente de su hija, querían que ese capitulo de su vida sea olvidado pronto y del todo. ¡Pero para asombro de ellos, Bianca había sido la primera en olvidar, para ella, todo había pasado a ser, solo un mal sueño, del cual despertó a tiempo!

¡Ahora si, la residencia de los Bertollinni brillaría de felicidad! Se veían venir campanadas nupciales.

Las dos familias, los Bertollinni y los Venturini, se juntaron y decidieron antes del matrimonio de sus hijos queridos, ir a la Iglesia y agradecer por tanta dicha recibida, orando con mucho fervor, todos llevaron ofrendas a la virgen, flores blancas para su altar.

Llegó el gran día, la boda esperada por todos y cada uno, un día especial, lleno de amor, seria indudablemente el día de Bianca y Giulio. Un día esperado, no solo por Bianca Bertollinni sino también por Bianca Rossi. En honor a ella habrá una boda hermosa.

La residencia de los Bertollinni, volvía a abrir sus puertas a la felicidad. Los invitados no paraban de llegar, acuérdense que los regalos ya habían llegado mucho antes y estaban puestos en un salón pequeño, donde los invitados los podrían ver y deleitarse con ellos. Cada uno más bonito que el otro, todos eran hermosos, pero lo principal, obsequiados con mucho amor.

Las mesas del salón principal estaban decoradas con lindas flores, platos servidos con los más ricos canapés, copas de cristal, cubiertos de plata, servilletas bordadas a mano, es que no había detalle que faltara. La casa estaba más linda que antes, tenia vida, daba la idea que sabia perfectamente lo que se estaba por celebrar. ¿Qué estaba faltando en ese cuadro de felicidad? ¡Sólo los novios!

No quiero dejar de nombrar algo muy importante, Bianca estaba vestida exactamente igual que la primera vez, todos los detalles eran los mismos, desde el vestido, hasta la decoración de la capilla. Hasta daba la idea, que nunca había pasado, lo que paso.

La limusina llegaba a la casa de los Bertollinni, la novia y su padre subieron y se acomodaron para dar la misma vuelta que la primera vez o sea ir a Florencia, llegar hasta el río Arno, pasear un poco por la bella ciudad, dar la vuelta y regresar a la villa de los Bertollinni, entrar a la capilla, la cual estaba igual como la primera vez de hermosa, parecía sacada de un libro de cuentos.

Padre e hija, llegaban a su residencia, sanos y salvos. A la hora de bajar de la limusina y entrar a la capilla, su padre, Marcello, abrazó y beso a su adorada hija, diciéndole que la amaba y que siempre estaría con ella cuando lo necesite, dándole apoyo en todo.

A Bianca, se le derramaron unas lagrimas de pura emoción. Ella amaba mucho a su familia. En ese momento le dije al oído: *"¡Bianca no llores más se te correrá el maquillaje y no podemos atrasar más la boda!"* Bianca me contesta y en voz alta, "¡tía Sofia, no cambias siempre pendiente de todo!" ¡Era verdad, yo no cambiaba ni muerta, pero ella tampoco, decirme eso y a voz en cuello!" Felizmente nadie lo había notado. Así eramos las dos, muy pasionistas, para todo.

Entraron a la capilla, estaba hermosa, la novia parecía una reina angelical y Giulio se había puesto más lindo que antes, era el amor, la felicidad los embargaba, no lo podían creer, ¡ por fin serian marido y mujer por las leyes del hombre y de la Iglesia!

Y así fue, la ceremonia transcurrió con mucha paz, sobre todo se podía sentir el amor por los aires. Las familias brindaron por los novios, la recepción, fue todo un éxito, bailaron hasta el amanecer. "¡Un brindis por la pareja!" Fue lo que dijeron sus padres alzando sus copas y brindando por la felicidad de sus hijos, Bianca y Giulio.

Al día siguiente, la feliz pareja, se embarcó en un lujoso crucero, que los llevaría a varias islas de Europa, así mismo visitarían algunos puertos en ciudades principales, el viaje prometía y mucho. El nombrado y deseado viaje en crucero se hacia realidad, dónde Bianca gozaría del amor de su marido, a sus anchas.

Por supuesto que la pareja tendría la suite matrimonial, con todo el lujo y las comodidades que la pareja se merecía. Después de todo lo que la pobre Bianca había pasado, tenia que ser así. ¡Los padres de Bianca les habían hecho ese regalo, había que disfrutarlo!

La noche estaba bellísima, iluminada con luz propia, las estrellas brillaban como nunca, otro regalo más de los astros para la feliz pareja. En la cabina matrimonial había de todo, vino, champagne, frutas frescas con exquisitos aromas, una caja de los más finos chocolates y sobre la cama, la ropa de noche que usaría y cubriría el desnudo cuerpo de Bianca y Giulio, ¡una ropa muy sensual y sexy!

"¡Bianca, amore mio, te amo con todo mi corazón, eres la mujer de mi vida, la que siempre estuve esperando y al fin llegó para quedarse a mi lado!" Le decía Giulio a su adorada esposa besándola una y otra vez.

"¡Giulio, amore, yo también te amo, ahora más que nunca he vuelto a nacer por amor y por ti, jamas me separare de tu lado te lo prometo. Estoy aquí para amarte y lo haré por el resto de mi vida!"

A Bianca, le provoco tomar un baño, con su adorado marido, así que Giulio, muy atento a los pedidos de su esposa, preparo la bañera llenándola de rosas rojas, las cuales despedían un aroma tan sensual que no les quedo otra cosa que meterse a la bañera, quedando sus cuerpos desnudos sumergidos en aquel edén de aromas, brindaron con champagne por su felicidad, y en ese momento comenzaba el ritual de amor más romántico que yo haya visto.

Giulio, masajeaba con mucha suavidad la bella espalda de Bianca, besándola poco a poco hasta llegar a sus bellos senos, tocándolos y acarisiandolos con mucho amor. Bianca, no se quedaba atrás, acariciaba la espalda de Giulio con mucha sensualidad, hasta llegar al firme torso de su adorado esposo, fruto de los ejercicios que Giulio tomaba todas las mañanas en el hotel. Mucha pasión y deseo era lo que había en esa noche maravillosa.

La pareja había terminado su preámbulo del baño de amor. En ese momento, Giulio comenzó a secar el mojado cuerpo de Bianca, no sin antes darle un beso tan apasionado, quedando Bianca sin aire, ¡literalmente! Bianca y Giulio estaban listos para ir a la cama y terminar así el acto de amor con el cual habían empezado su luna de miel. ¡Qué nochecita la que les esperaba!

Giulio levantó a Bianca en brazos y la llevó a la cama, indudablemente seria la mejor noche de amor de sus vidas. ¡Dónde la pasión, ya no esperaría más y darían rienda suelta al placer, al deseo y sobretodo al gran amor que se tenían!

Algo indescriptible pasaría aquella noche, donde las sabanas de seda, que envolverían sus cuerpos calientes y mojados, serian las únicas testigos de la gran noche de amor, que se viviría allí mismo en la cabina matrimonial, del crucero del amor. Era una linda noche, no me quedo otra cosa que ir a ver las estrellas. Por supuesto, que Giulio no dejaría de ponerle a Bianca en la boca, los ricos chocolates.

Ni les digo como durmieron, como unos angelitos. ¡La pareja había tenido una noche de noches! Bianca y Giulio, eran tal para cual, nacieron para estar juntos, nacieron para amarse. "¡Dos almas pre-existentes, que llegaron a este mundo a materializar su amor!"

Los amantes esposos, se fueron a vivir por un tiempo a Napoles. ¡Compraron una señora casa! Grandes jardines, grandes habitaciones, piscina, y todas las comodidades para empezar una familia.

La casa, fue decorada por la pareja con mucho amor. En cada esquina había un detalle, un recuerdo, sobre todo para Bianca que se había alejado de su natal Florencia. No podían faltar los retratos de ambas familias. Así que no se hablo más y dispusieron un cuarto familiar, donde pondrían los retratos tanto de la familia de Bianca como la de Giulio. ¡Ellos querían que sus hijos conociesen a sus antepasados muy bien, así que los del norte y los del sur se juntarían en el salón familiar!

Bueno, yo hablando de hijos, pero la pareja todavía no pensaba tener familia. Había que seguir organizándose. ¡Recordemos que Bianca, había movido parte de su empresa al sur, ella necesitaba tiempo, para ubicarse en la ciudad de Napoles!

A ella, todavía le faltaban algunos detalles para estar casi del todo lista, para empezar a tener familia, es lo que Bianca quería con todo su corazón, ella había sido única hija, por lo que le gustaría que la casa se llenase de niños, jugando por todas partes.

Entre tanto, Bianca, hacia viajes continuos a casa de sus padres, los visitaba, pasaba dos días con ellos y regresaba al sur al lado de su querido esposo. Ella sabia acomodar muy bien su tiempo.

Los padres de Giulio, adoraban a Bianca, siempre que podían la visitaban en su casa nueva y la ayudaban en todo lo que podían. Los Venturini habían ganado una hija de verdad. Recordemos que la familia tuvo solo hijos varones, así que Bianca les vino como anillo al dedo, por lo tanto Giulio estaba feliz, al ver lo bien que se llevaban todos. Había mucho cariño y comprensión, algo muy importante para la unión familiar. Mientras tanto, Giulio continuaba progresando en el hotel, lo cual puso muy feliz a Bianca.

La empresa de Bianca, comenzaba a tener éxito. Giulio, pronto llegaría a tener la administración de hoteles de toda la región, un gran puesto y mucho dinero. Bianca, sentía mucho orgullo de tener un marido que salia adelante con su propio esfuerzo, claro que con el apoyo incondicional de su adorada y bella esposa.

Los padres de Bianca los visitaban continuamente, estaban felices por ellos, era un matrimonio bien llevado, habían superado tantas cosas que solo les esperaba la felicidad.

Un buen día, llegaron Marcello y Elisabetta a Napoles y cual seria la sorpresa que se encontraron que Bianca, su hija adorada, ¡ estaba embarazada y seria por partida doble, es decir mellizos! Los futuros abuelos casi se volvieron locos de alegría, tener dos nietos y de golpe. ¡ La felicidad completa!

¡La familia se agrandaba, ni les digo nada de los Venturini, no cabía la felicidad para ellos, es decir esos niños llegarían, no con un pan, sino con muchos bajo el brazo, traerían felicidad y amor a motones, en la casa de los Venturini-Bertollinni ya se podía sentir la llegada de los mellizos!

No quería dejar de mencionar que la feliz pareja se llevó a los loros a su casa de Napoles, Bianca hasta les había puesto nombre y apellido, ya eran de la familia. Los adoraba, no salia de casa sino los visitaba primero en el jardín. En su jaula dorada, tenían de todo, la mejor alimentación y los mejores cuidados, ¡ que loros tan suertudos!

Bianca y Giulio, tuvieron una hermosa niña parecida a Giulio y un bello niño parecido a Bianca. ¡ Mis sobrinos nietos, los adoro!

¡Por lo visto, mi familia esta creciendo, después de todo, tengo una bella sobrina a la que amo con toda mi alma, un sobrino guapísimo al que quiero mucho, dos sobrinos nietos que son la felicidad de sus padres, de los abuelos y la mía también!

Como todo tiene que tener un fin, esta historia no es la excepción y esta llegando a su fin de la mejor manera, con amor. ¡Podríamos decir que colorin colorado esta historia se ha acabado!

FIN

EPILOGO PARTE I

Mi nombre es María Sofia, tía de Bianca Rossi y Bianca Bertollinni, que al fin y al cabo son la misma alma.

"Tía adorada, tu seras mi angelito de la guarda y yo seré el tuyo, unidas para siempre por el pensamiento y el corazón!" Esas fueron las palabras de Bianca Rossi. Antes de ese fatal día, en el cual las dos pasábamos al mundo espiritual.

Bianca Rossi, quedó muy triste y sufría mucho por no haber podido hacer realidad su sueño, de casarse y ser feliz. Ella era un alma en pena, la tristeza la embargaba demasiado, yo no podía seguir viéndola así, se me rompía el corazón, las almas también sufrimos y no saben de que manera, nunca le demostré a Bianca mi tristeza, porque ella se pondría peor de lo que ya estaba.

Trataba de consolar a Bianca diciéndole que ya se encontraba reunida con sus padres a los que había perdido de niña. ¡Bianca, estaba feliz con ellos! Pero el sufrimiento de Bianca, iba más lejos.

Siempre estuve con ella, jamas la dejé sola, yo escuchaba sus llantos, sus quejas, su dolor por amor, compañía nunca le faltó, pero había un vació en su corazón que se llamaba Carlo.

Que dicho de paso, Carlo, quedó muy triste con la partida de Bianca, le costó mucho reponerse de esa gran perdida, se había enamorado locamente de ella. Pero al fin y al cabo, él era un ser humano y al parecer ya habría alguien en su camino, tratando de ocupar el lugar de Bianca. En realidad nadie ocupa el lugar de nadie. Aunque, a decir verdad, ella había dejado en él. "La huella del amor" la que difícilmente se borra del todo.

Siempre fui una mujer fuerte y en los momentos de soledad que eran muchos, tenia que sacar fuerzas de donde sea, puesto que las dos sufríamos de lo mismo, no llegamos a cumplir con el sueño de amor que en un principio la propia vida nos lo había dado, pero que lamentablemente, también nos lo había quitado.

Partí, en el momento menos indicado, dejando a mi adorado Mario, un hombre al que amé de verdad, lo perdí dos veces, definitivamente no era para mi. Agradezco a la vida, por permitirme gozar de un segundo encuentro, el cual lo disfrute mucho.

Sé que él vendrá pronto a visitarme, lo estaré esperando, como se merece, con mucho amor. Seria nuestro tercer encuentro. ¡Qué suerte la mía, dicen que a la tercera va la vencida!

Mientras estuvimos juntas, Bianca y yo, aquí en el plano astral, solíamos visitar la casona todos los domingos sin faltar necesitábamos ver a nuestros amores, Carlo y Mario. Por lo menos, nos consolábamos visitándolos y viéndolos de lejos, yo podía conformarme, pero Bianca nunca lo hizo.

Al principio, visitar la casona nos hacia mucho bien, nos ayudaba a vivir y aceptar nuestra nueva casa, donde viviríamos por siempre. Yo pensé que seria por siempre, pero las cosas tomaron otro rumbo, sobretodo, para Bianca. Ella no se conformaba viendo de lejos, ella quería sentir al amor en carne y hueso. Ella deseaba regresar, terminar de cumplir su sueño de amor.

En ese sentido Bianca me ganó y de que manera. ¡La fuerza del amor! Pude darme cuenta que ella si lograría regresar, valía la pena ayudarla, tenia el sentimiento a flor de piel y eso la ayudó a volver. Yo era fuerte, pero no tan fuerte como para luchar por el amor de un hombre y querer regresar. Yo acepte mi muerte y mi nueva casa.

Pasaron los años y nuestra convivencia en el plano espiritual fue muy buena, Bianca y yo, nos comprendíamos a las mil maravillas, por algo habíamos vivido juntas muchos años, en el mundo terrenal.

Decidimos, no volver más los domingos a la casona, desde ese día, me puse a la tarea de ayudarla para que cumpla su gran sueño, por lo menos, ella sí lo cumpliría. Me hice esa promesa y doy gracias a todos los ángeles que ayudaron a Bianca a regresar, valió la pena todo esfuerzo hecho por aquí.

Recuerdo haberle dicho muchas veces que tenia que cambiar su modo de pensar porque la posición que tenia era de vencida, derrotada y ella siempre había sido una luchadora vencedora.

Hasta que un buen día se armo de valor, dejo de llorar por el amor que había perdido y decidió regresar. Por amor hacemos cualquier cosa, muchas veces hasta rompemos esquemas.

Así que me puse en acción para ayudar a Bianca, a conseguir lo que tanto deseaba. Regresar para amar. ¡Qué bello sentimiento el que abarcaba en su corazón y en su alma!

Ahora, para reencarnar tan rápido como lo hizo Bianca hay que pasar por muchas pruebas en el plano espiritual. Tampoco es fácil, regresar y volver, así como si nada hubiera pasado y empezar otra vez una vida nueva. Aquí también hay reglas que cumplir.

Bianca tenia que probar a los que conformaban las grandes jerarquías de arcángeles, ángeles, almas protectoras y demás, porqué y para qué regresaría y las razones tenían que ser de peso, de otra forma no la dejarían tomar el nombre y cuerpo de otro ser.

Hay mucho que trabajar, áreas de la consciencia, espíritu, la propia alma tiene que ser examinada y valorada, todo un proceso, que por ahora no lo puedo explicar en su totalidad necesitaría tiempo, porque es bastante amplio y debe ser tratado con mucho cuidado y respeto.

Aquí en el plano astral, no existe el tiempo como en el plano material. Un minuto puede ser un año y un año un minuto. No me quejo de nada. Siempre he sido una mujer practica y aquí también lo soy, estoy aprendiendo cada día más y eso me hace feliz.

Por amor se hacen tantas cosas. Bianca, desde el plano espiritual hizo lo imposible para regresar y lo consiguió, con mucho esfuerzo y una fe ciega, un alma luchadora, decretó que lo conseguiría y lo consiguió, quería regresar a como de lugar.

La vida y la muerte, siempre estarán unidas. El destino o la propia vida como le queramos llamar ya lo tiene todo preparado pero algunas veces le podemos hacer una trampita, eso lo aprendí aquí, en esta nueva casa donde vivo feliz, con los seres que he amado y me han amado. No me puedo quejar, no todo puede ser blanco o negro, también hay grises.

EPILOGO PARTE II

Así que un buen día, nació una bella niña llamada Bianca Bertollinni en Scanducci, Florencia, era ella, ni más ni menos que Bianca Rossi, mi querida y entrañable sobrina.

Los padres de Bianca, los Bertollinni, son maravillosos padres, no le pudieron tocar mejores. Recuerden que ella, Bianca Rossi, los perdió de muy pequeña, es decir, que lo tenia ganado, la vida siempre recompensa, solo hay que saber esperar.

Cuando Bianca Rossi, convertida en Bianca Bertollinni, llegó al plano material, la extrañé muchísimo, yo también estaba a punto de convertirme en un alma en pena, triste y deprimida, con su partida. Rogaba a los ángeles protectores que me den consuelo.

Yo, ayudé a Bianca, a salir del agua, le dí apoyo en esos momentos difíciles, estuve allí con ella, la abracé con todas mis fuerzas y le di un beso en la mejilla y otro en la frente, no podía volverse a repetir la historia, ella tenia que ser feliz, tenia que llegar al altar, cumplir con su gran sueño, vestirse de blanco y casarse.

¿Porqué se volvió a repetir el mismo episodio de hace muchos años atrás? Me refiero a la forma de morir de Bianca Rossi.

A decir verdad, a mi me agarro de sorpresa, nunca me imagine que podría volver a pasar. Pienso que fue una prueba para las dos, una prueba de fe y amor. Pasamos la prueba. Como también, se estaría cerrando un ciclo para que se abriera otro.

Ya sea en la tierra como en el mundo astral, existen los llamados ciclos. Eso quiere decir que cada determinado tiempo de la existencia del ser, cambia. Algo muy interesante que estoy aprendiendo aquí.

No los quiero confundir así que continuare con mi relato.

Los momentos más terribles de toda mi existencia fueron dos, primero; cuando Bianca Rossi muere, yo sentí que mi alma se partía en mil pedazos. Nos fuimos juntas, creo que me hubiera muerto de la tristeza y la pena si ella hubiera muerto y yo me hubiera quedado viva, jamas lo hubiera superado.

Y segundo, cuando Bianca Bertollinni, tiene el terrible accidente antes de su boda con Giulio, eso no lo podía permitir, tenia que hacer algo, tenia que ayudarla, sabia que no iba ser muy fácil, porque para nosotros las almas, también hay reglas que cumplir, en el plano espiritual, pero si tenia que romperlas lo hubiera hecho, porque si tuviera que morir por ella, me volvería a morir. Con la ayuda de los ángeles, unimos fuerza y pudimos salvarla de una muerte segura. "La unión hace la fuerza." ¡Lo pudimos lograr.! ¡Gracias ángeles!

Nosotros las almas vivimos también a nuestra manera, somos libres como los pájaros, yendo y viniendo, sentimos, amamos, tenemos nuestros momentos de tristeza así también como los de alegría, tratamos de pasarla bien, por lo menos yo soy muy feliz. Aprendemos muchísimo, tenemos todo el tiempo del mundo para hacerlo. De lo que si estoy segura es que yo no nací para el matrimonio. ¡Primero, quedé viuda! Y después....ya ustedes saben lo que paso, quedé muerta. Pero no estoy triste, ¡ estoy disfrutando de mi soltería! Y no pierdo la esperanza de realizar mis sueños.

Visito muy seguido a Bianca y ella lo sabé muy bien, ¡ como no seria así! ¡ Si no veo a los mellizos me muero! Bueno eso de morirme es solo un decir.......... ¿Recuerdan las semillas de lavanda? A nosotras también nos ha funcionado de maravilla, cada vez que Bianca las huele y piensa en mi, yo estoy cerca de ella, nuestra conexión espiritual esta siempre presente. Tuve muy buena idea en ponérselas a Giulio en su camino. ¡Estaba segura de los buenos resultados!

Me he propuesto acompañar a Bianca todos los días de su vida y cuando le toque dejar el mundo material, allí estaré yo, para ayudarla a cruzar el puente a la paz y la vida eterna.

"Bianca, te amo y te amare siempre, hemos vivido y compartido tantas alegrías y tristezas. Yo aquí y tú allí. Al fin y al cabo no interesa donde estemos, para nosotras sólo existe y existirá un solo lugar, llamado corazón, donde el amor vive eternamente!"

Estoy segura que después de haber leído esta preciosa historia de amor, ustedes deben estar pensando al igual que yo;

"¡Qué no hay barrera ni limites para el amor, las cruza todas!"

Ahora si llego la hora de la despedida, las despedidas nunca me han gustado, solo sera un hasta luego.

Espero que hayan disfrutado de esta maravillosa historia, así como la disfrute yo contándosela a mi querida amiga.

Estaré un poquito ocupada, lo que sucede es que acabo de conocer a un caballero muy atractivo, yo estoy sola y él también, ¡es hora de hacernos compañía! ¿No les parece? Tengo que aprovechar los buenos momentos que son pocos y contados, la vida y la muerte me han enseñado mucho y yo soy una buena alumna.

Debo dar mis infinitas gracias a la persona que le dio vida, a esta maravillosa y conmovedora historia, poniendo en cada palabra dedicación y amor, escrita con tanta precisión llegando a la verdad, a mi querida amiga, María Manuela, por escucharme, tenerme paciencia y prestar atención a mis relatos, que muchas veces los hacia de noche y no la dejaba dormir. Pero ella, ha sido muy comprensiva y con una paciencia insuperable, siempre supo escucharme, escribiéndola, tal y como yo se la contaba.

¡Me acabo de dar cuenta que las tres somos María! María Manuela, María Bianca y María Sofia, como las estrellas, ¡las tres Marías! Eso quiere decir que brillaremos en el infinito al lado de todas las demás estrellas que hay en el cielo, que maravilla! Soñar que podemos llegar a ser estrellas en el firmamento, no esta nada mal, ¿verdad? Soy una soñadora empedernida. Pero si no soñamos que aburrida seria nuestra existencia, en cualquier lugar que vivamos. Tanto el mundo material como en el espiritual.

Ahora si me despido, porque sino, no tengo cuando acabar.

¡Un beso grande a mis tres Marías! ¡Incluyéndome yo!

María Sofia

NOTAS DEL AUTOR

Esta historia toca un tema muy importante e interesante, que es la reencarnación, el cual ha sido tratado con mucho respeto.

Quisiera empezar diciéndole a María Sofia, que me dio mucho gusto conocerla, escucharla y comprenderla, con un sentido del humor genial, me he reído mucho con cada ocurrencia que ella tenia, no todas las he podido escribir, pero para muestra un botón.

Una mujer muy fuerte con mucho carácter, que supo vivir en los planos, material y espiritual, a los cuales ella ha podido manejar con mucha prudencia y sabiduría, porque no todo el mundo puede ir y venir, cruzando épocas, tiempos y circunstancias. Ella ha sabido canalizar sus sentimientos, llevándolos por el camino correcto.

Por otro lado, yo la he pasado muy bien con desvelada y todo. Para mi ha sido la experiencia más linda que he tenido al ver de cerca como el alma de un ser, es movido por el sentimiento más grande que existe, el amor, está hermosa historia, me hace pensar muchas cosas; que para el amor no hay barrera ninguna, es un sentimiento tan grande que puede llegar a cruzar todos los tiempos y épocas, pasado, presente y futuro.

Muchas veces se cree que ya esta todo perdido, pero no es así, si luchas por algo que realmente quieres, estoy convencida que se te dará. Sino, para prueba esta Bianca, que luchó desde el plano espiritual y venció, un alma guerrera, digna de admirar.

Bianca Rossi, tenia una vida casi completa, una carrera exitosa, buena posición social y económica, muy buenos amigos, el amor totalmente incondicional de su querida tía María Sofia, que la cuido como si fuera su propia hija amándola con toda su alma, pero no llegó a disfrutar del amor en plenitud, el amor de una pareja, murió prácticamente en el altar. No llegando a cumplir así, su gran sueño.

Algo que a decir verdad, me impresionó mucho. Cuando María Sofia me lo contó, me entristecí hasta las lagrimas. El destino le tenia preparado otra cosa a Bianca Rossi, dejar el plano material y pasar al plano espiritual. ¿Es qué tenia algo que aprender?

Al principio no lo entendía, pero María Sofia, usando su sabiduría me hizo comprenderlo mucho mejor. Ahora, hay que ganarse el turno de regreso, según me contaba María Sofia, no todas las almas regresan de manera tan rápida como lo hizo Bianca Rossi, por lo general demoran muchísimos años más.

¿Era el alma de Bianca Rossi, la que luchaba por regresar a cumplir su sueño? ¿O era el amor que buscaba a Bianca para darle la oportunidad de cumplir su sueño?

Son preguntas que sólo tú las podrás responder. Incógnitas de la vida. Busca la repuesta en tu corazón, es el único lugar donde el amor vive por siempre. Dicho de una manera u otra, el alma de Bianca, cumple el deseo más grande que tenia guardado, sentir el amor en toda su dimensión y totalmente incondicional.

¡Una historia en mil! Me fascino escribirla. Tan es así que ya me sentía parte de ella, como un personaje más. Sobre todo cuando conocí al hermoso Giulio. ¡Qué hombre tan espectacular!

¡Che bello uomo! Mamma mía!

He podido llegar a conocer un poco, como es la vida en el plano espiritual y sobretodo contada por un alma generosa y simpática, como es María Sofia. Gracias María Sofia por confiar en mi.

No puedo terminar de escribir estas notas sin hablar de Italia. Un maravilloso país al que amo mucho, por alguna u otra razón.

Gracias, Italia por darme la oportunidad de conocerte aun más, tus costumbres, historia, tu gente hermosa y alegre, pasear por tus lindas playas y bellos lugares de ensueño.

Muchas gracias,
María Manuela Pinto

MARÍA MANUELA PINTO

"El amor, es un gran sentimiento, que siempre buscara la mejor manera de prevalecer, si tiene que luchar contra la muerte lo hará. Muchas veces el destino se hace a un lado, para darle cabida a ese sentimiento que ganara todas las batallas, aquí y allí!"

- María Manuela Pinto -

¡ITALIA EN TODO SU ESPLENDOR!

Italia, está situada en el centro del mediterráneo y está delimitada por el arco de los Alpes y por el mar Mediterráneo. Los Alpes, la separan al oeste con Francia, al norte con Suiza y Austria, al este con Eslovenia.

Italia, tiene dos estados independientes: La Ciudad del Vaticano (situada en Roma) y la República de San Marino (localizada en el Monte Titano).

Después de Roma, las más importantes ciudades de Italia son: Milano, Torino, Génova, Venecia, Trieste, Bologna, Firenze, Napoli, Bari, Palermo y Cagliari.

Ademas de ser grandes ciudades por su extensión geográfica, tienen un buen numero de habitantes, así como por su historia, fama, riqueza de los monumentos y museos como también de su activa vida social y económica.

Pueden distinguirse en Italia dos grandes zonas climáticas: continental y mediterránea. La Italia continental comprende las montañas, valles alpinos y la gran llanura del Po, en el norte del país. La Italia mediterránea abarca la península y las islas.

Los principales sectores económicos del país son; el turismo, la moda, la ingeniería, el automovilismo y la alimentación. Las regiones del norte figuran entre las más ricas por habitante de Europa.

Italia fue el centro del Imperio Romano, el cual dejó un inmenso legado arqueológico, cultural y literario al mundo.

Italia, también fue la cuna del humanismo medieval y del Renacimiento. Figuras como Maquiavelo, Dante, Leonardo y Galileo, fueron forjadores del pensamiento político y del arte europeo.

La lista de artistas italianos universales es muy grande, figurando en ellas; Giotto, Botticelli, Leonardo, Miguel Ángel, Tintoretto y Caravaggio, para muestra un botón!

El país también ha sido cuna de compositores de opera como Verdi y Puccini. Cineastas como Fellini, entre muchos otros mas, es decir en cuanto arte Italia da mucho que hablar.

La cocina italiana es una de las más refinadas y variadas de Europa y del mundo. Desde la sabrosa pizza napolitana, como la variedad de diferentes tipos de pasta, pasando por las riquísimas salsas, el rissoto, la polenta, quesos, vinos, dulces, chocolates, el cappuccino, el espresso, la lista es interminable.

La cocina italiana, especialmente la de las regiones peninsulares e insulares (centro y sur del país), está incluida dentro de la denominada gastronomía mediterránea y es imitada y practicada en todo el mundo.

GLOSARIO

¡ Figlia mía!	¡Hija mía!
¡ Grazie, amore mio!	¡Gracias amor mio!
¡ Mamma!	¡La mamá!
¡ Babbo!	¡Papi!
¡ Ti voglio bene assai!	¡Te quiero muchísimo!
¡ Un bello uomo!	¡Un bello hombre!
¡ L'amore e la cosa piú grande!	¡El amor es lo más grande!
! Buon Cumpleanno!	!Feliz Cumpleaños!
¡ Piano, Piano va Lontano!	¡Despacio se va lejos!

ALGUNAS CITAS CELEBRES SOBRE LA REENCARNACIÓN

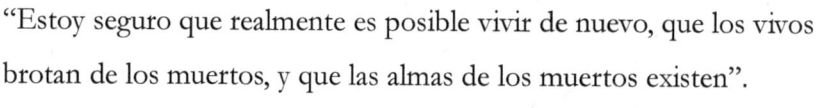

"Estoy seguro que realmente es posible vivir de nuevo, que los vivos brotan de los muertos, y que las almas de los muertos existen".
  - Sócrates.

"La genialidad es experiencia. Algunos piensan que es un don o un talento, pero es el fruto de la larga experiencia de muchas vidas".
  - Henry Ford.

"Hasta donde puedo recordar, siempre me he referido inconscientemente a experiencias de un previo estado de existencia".

- Henry David Thoreau.

"Sé que soy inmortal... Hemos agotado trillones de inviernos y veranos, hay millones de ellos por delante, y trillones por delante de ellos".

- Walt Whitman.

"La doctrina de la reencarnación no es ni absurda ni inútil. No es más sorprendente nacer dos veces que nacer una".

- Voltaire.

"Necesitamos muchas vidas, revestirnos de múltiples cuerpos, nacer y morir y volver a nacer muchas veces para llegar al fin último de la perfección que es el que los dioses nos reservan. Esta ley de vidas sucesivas da la adecuada explicación a todas las desiguales manifestaciones de nuestra existencia.

- Pitágoras.

"Todos nuestros amigos son almas que hemos conocido en otras vidas. Nos atraemos mutuamente. Eso es lo que siento en cuanto a los amigos. Incluso si los conozco solo de un día, no importa. No voy a esperar hasta que les haya tratado durante un par años, porque de todas formas, nos hemos conocido en algún sitio antes".

- George Harrison.

"Es un secreto del mundo que todas las cosas subsisten y no mueren, solo desaparecen de nuestra vista y luego vuelven otra vez... Nada está muerto; los hombres fingen estar muertos, y soportan falsos funerales y tristes necrológicas, y permanecen mirando por la ventana, perfectamente sanos, en algún disfraz nuevo y extraño".

- Ralph Waldo Emerson.

"Es tan simple. Lo único que haces es salir de tu cuerpo cuando mueres. Dios mío, todo el mundo lo ha hecho miles de veces. Simplemente porque no lo recuerden, no quiere decir que no lo hayan hecho".

- J.D. Salinger.

"No existe la muerte. ¿Cómo puede haber muerte si todo es parte de Dios? El alma nunca muere y el cuerpo nunca está realmente vivo".

- Isaac Bashevis Singer.

ACERCA DEL AUTOR

Maria Manuela, vive en los Estados Unidos de América. En el estado de Florida, la ciudad del eterno sol. Le gusta socializar estar en contacto con la gente. Piensa que la comunicación es muy importante, cualquier forma de comunicación es buena, esencial en todos los aspectos de la vida.
Escribir es su gran pasión. Hace diez años que lo viene haciendo, poniendo en blanco y negro sus pensamientos, los cuales están llenos de energía positiva y amor, que son el motor de su vida. Le encantan los amaneceres, la escritora piensa que cada día que nace, de igual manera, nace una esperanza. María Manuela, ha publicado dos libros maravillosos,"Cartas Para Ser Leídas y Reflexiones de Amor," Y ahora presenta, su primera novela titulada "Bianca é Bianca", una historia fascinante, única, hermosa, que no solo tocara tu corazón, sino también tu alma.

Para mas información visite
www.mariamanuelapinto.com
facebook.com/MariaManuelaPintoAuthor
twitter.com/MariaManuelaPi4

Publisher: Mariangelikuss

Mariangelikuss